GRöLS Verlage

„BÜCHER SIND WIE FALLSCHIRME. SIE NÜTZEN UNS NICHTS, WENN WIR SIE NICHT ÖFFNEN."

Gröls Verlag

Redaktionelle Hinweise und Impressum

Das vorliegende Werk wurde zugunsten der Authentizität sehr zurückhaltend bearbeitet. So wurden etwa ursprüngliche Rechtschreibfehler *nicht* systematisch behoben, denn kleine Unvollkommenheiten machen das Buch – wie im Übrigen den Menschen – erst authentisch. Mitunter wurden jedoch zum Beispiel Absätze behutsam neu getrennt, um den Lesefluss zu erleichtern.

Um die Texte zu rekonstruieren, werden antiquarische Bücher von Lesegeräten gescannt und dann durch eine Software lesbar gemacht. Der so entstandene Text wird von Menschen gegengelesen und korrigiert – hierbei treten auch Fehler auf. Wenn Sie ebenfalls antiquarische Texte einreichen möchten, finden Sie weitere Informationen auf www.groels.de

Viel Freude bei der Lektüre wünscht Ihnen das Team des Gröls-Verlags.

Adressen

Verleger: Sophia Gröls, Im Borngrund 26, 61440 Oberursel

Externer Dienstleister für Distribution & Herstellung: BoD, In de Tarpen 42, 22848 Norderstedt

Unsere „Edition | Werke der Weltliteratur“ hat den Anspruch, eine der größten und vollständigsten Sammlungen klassischer Literatur in deutscher Sprache zu sein. Nach und nach versammeln wir hier nicht nur die „üblichen Verdächtigen“ von Goethe bis Schiller, sondern auch Kleinode der vergangenen Jahrhunderte, die – zu Unrecht – drohen, in Vergessenheit zu geraten. Wir kultivieren und kuratieren damit einen der wertvollsten Bereiche der abendländischen Kultur. Kleine Auswahl:

Francis Bacon • Neues Organon • **Balzac** • Glanz und Elend der Kurtisanen • **Joachim H. Campe** • Robinson der Jüngere • **Dante Alighieri** • Die Göttliche Komödie • **Daniel Defoe** • Robinson Crusoe • **Charles Dickens** • Oliver Twist • **Denis Diderot** • Jacques der Fatalist • **Fjodor Dostojewski** • Schuld und Sühne • **Arthur Conan Doyle** • Der Hund von Baskerville • **Marie von Ebner-Eschenbach** • Das Gemeindekind • **Elisabeth von Österreich** • Das Poetische Tagebuch • **Friedrich Engels** • Die Lage der arbeitenden Klasse • **Ludwig Feuerbach** • Das Wesen des Christentums • **Johann G. Fichte** • Reden an die deutsche Nation • **Fitzgerald** • Zärtlich ist die Nacht • **Flaubert** • Madame Bovary • **Gorch Fock** • Seefahrt ist not! • **Theodor Fontane** • Effi Briest • **Robert Musil** • Über die Dummheit • **Edgar Wallace** • Der Frosch mit der Maske • **Jakob Wassermann** • Der Fall Maurizius • **Oscar Wilde** • Das Bildnis des Dorian Grey • **Émile Zola** • Germinal • **Stefan Zweig** • Schachnovelle • **Hugo von Hofmannsthal** • Der Tor und der Tod • **Anton Tschechow** • Ein Heiratsantrag • **Arthur Schnitzler** • Reigen • **Friedrich Schiller** • Kabale und Liebe • **Nicolo Machiavelli** • Der Fürst • **Gotthold E. Lessing** • Nathan der Weise • **Augustinus** • Die Bekenntnisse des heiligen Augustinus • **Marcus Aurelius** • Selbstbetrachtungen • **Charles Baudelaire** • Die Blumen des Bösen • **Harriett Stowe** • Onkel Toms Hütte • **Walter Benjamin** • Deutsche Menschen • **Hugo Bettauer** • Die Stadt ohne Juden • **Lewis Caroll** • *und viele mehr….*

Alexander Puschkin

Die Hauptmannstochter

Inhalt

Erstes Kapitel

Der Sergeant der Garde

Wär' in der Garde morgen Hauptmann schon ...
„Das tut nicht not: Soll in der Front nur stehen“ ...
Ist recht gesprochen: Mag es so geschehen ...
. . . .
Doch wer sein Vater?

Kujaschnin

Mein Vater Andrej Petrowitsch Grinjow hatte in seiner Jugend unter dem Grafen Münnich gedient und nahm im Jahre 17.. seinen Abschied als Major I. Klasse. Seit jener Zeit lebte er in seinem Dorfe im Gouvernement Simbirsk, wo er dann auch die Jungfrau Awdotja Wassiljewna J. heiratete, die Tochter eines dortigen armen Edelmannes. Wir waren neun Geschwister. Meine Brüder und Schwestern starben schon in ihrer Kindheit. Ich wurde schon früh dem Semjonowschen Regimente als Sergeant zugezählt, welche Auszeichnung ich dem Gardemajor und Fürsten B., einem nahen Verwandten zu verdanken hatte. Bis zur Beendigung meiner Erziehung galt ich als beurlaubt. Damals wurden wir nicht so erzogen, wie es heute geschieht. Mit fünf Jahren wurde ich dem Leibjäger Saweljitsch übergeben, der seines nüchternen Betragens wegen zu meinem Erzieher ernannt wurde. Unter seiner Aufsicht lernte ich in meinem zwölften Jahre ein wenig Russisch lesen und konnte äußerst vernünftig über die Eigenschaften von Jagdhunden reden. Zu dieser Zeit engagierte mein Vater einen Franzosen für mich, Monsieur Beaupré, den man aus Moskau mitsamt dem jährlichen Vorrat an Wein und Provenceröl verschrieb. Sein Kommen gefiel dem Saweljitsch durchaus nicht.

„Nun Gott sei Dank,“ murmelte er für sich: „ich glaube das Kind ist doch gewaschen, gekämmt und gefüttert. Muß man denn wirklich unnütz Geld ausgeben, um einen Musje zu engagieren, als ob man keine eigenen Leute mehr hätte!“

In seiner Heimat war Beaupré Coiffeur gewesen, in Preußen Soldat und kam dann nach Rußland pour être outschitel, obwohl er die Bedeutung dieses Wortes nicht sehr gut begriff. Er war ein guter Kerl, aber hochgradig leichtsinnig und liederlich. Seine vornehmste Schwäche war die Leidenschaft zum schönen Geschlecht; aber nicht selten kam es vor, daß er für seine Liebkosungen nur Rippenstöße erntete, die ihn zuweilen ganze Tage ächzen ließen. Außerdem war er, wie er selber sagte, *kein Feind der Flasche*, d. h. um's anders auszudrücken, er trank lieber zu viel als zu wenig. Doch da Wein bei uns nur zum Diner gereicht wurde, und auch da nur in kleinen Gläsern, und man den Lehrer meistens überging, so gewöhnte sich mein Beaupré sehr schnell an die russischen Schnäpse und zog sie sogar den Weinen seiner Heimat vor, da sie auf den Magen so außerordentlich wohltätig wirkten. Wir beide gewöhnten uns schnell aneinander und trotzdem er sich kontraktlich verpflichtet hatte, mich *Französisch, Deutsch und überhaupt alle Wissenschaften* zu lehren, zog er es doch vor, von mir ein wenig Russisch plaudern zu lernen, worauf ein jeder von uns sich mit seinen eigenen Angelegenheiten beschäftigte. Wir lebten wie ein Herz und eine Seele. Ich wünschte mir gar keinen andern Mentor. Doch bald schon trennte uns das Schicksal, und das geschah folgendermaßen:

Ein dickes und pockennarbiges Mädchen, die Wäscherin Palaschka, und die schiefe Kuhmagd Akulka schienen sich irgendwie verabredet zu haben, meiner Mutter zu gleicher Zeit zu Füßen zu fallen, ziehen sich sündiger Schwäche und gestanden mit Tränen, daß es der Musje wäre, der ihre Unerfahrenheit überlistet hätte. Meine Mutter verstand keinen Scherz in solchen Dingen und teilte es dem Vater mit. Der machte kurzen Prozeß. Er ließ augenblicklich nach der Kanaille von Franzosen rufen. Man meldete ihm, daß Musje mir eine Stunde erteile. Der Vater kam in mein Zimmer. Beaupré schlief gerade auf meinem Bette den Schlaf der Unschuld. Ich meinerseits war beschäftigt. Man muß wissen, daß für mich eine geographische Karte aus Moskau verschrieben worden war. Sie hing unbenutzt an der Wand, allein lange schon führte mich die Breite und Güte des Papiers in Versuchung. Ich hatte den Entschluß gefaßt, aus ihr einen Drachen zu bauen und da Beaupré schlief, machte ich mich an die Arbeit. Mein Vater trat in dem Augenblick in das Zimmer, als ich einen Bastschwanz an das Kap der guten Hoffnung heftete. Da er meine eifrigen Bemühungen in der Geographie bemerkte, fand er es für nötig, mich am Ohr zu ziehen, eilte dann zu Beaupré, weckte ihn sehr unvorsichtiger Weise und überschüttete ihn mit Vorwürfen. In seiner Verwirrung wollte Beaupré eigentlich aufstehen, aber er konnte es nicht:

der unglückliche Franzose war total betrunken. Sieben Sünden eine Antwort. Mein Vater zerrte ihn am Kragen aus dem Bett, stieß ihn zur Tür hinaus und noch am selben Tage wurde er aus dem Hause gejagt, zur unbeschreiblichen Freude Saweljitschs! Damit war meine Erziehung beendet.

Ich lebte wie ein rechter Landjunker, war hinter den Tauben her und spielte mit den Kindern des Gutsgesindes. Unterdessen war ich schon sechzehn Jahre alt geworden. Da trat eine Veränderung in meinem Leben ein.

Einmal im Herbst braute meine Mutter im Gastzimmer ein Getränk aus Honig, ich schaute auf den kühlenden Schaum und leckte mir die Lippen ab. Der Vater las am Fenster den „Hofkalender", den er jährlich erhielt. Dieses Buch übte immer einen mächtigen Einfluß auf ihn aus: niemals noch hatte er es ohne besondere Hingabe gelesen und die Lektüre brachte seine Galle in seltsame Erregung. Meine Mutter, die alle seine Gewohnheiten und Grillen so gut kannte, war immer bemüht, das unglückselige Buch irgendwo, möglichst weit weg zu verstecken und auf diese Weise kam ihm der „Hofkalender" oft ganze Monate lang nicht unter die Augen. Wenn er ihn dann aber zufällig fand, ließ er ihn gewöhnlich lange Stunden nicht aus seinen Händen. Also mein Vater las den „Hofkalender", las, zuckte zuweilen mit den Achseln und wiederholte mit halber Stimme: „Generalleutnant! ... Er war in meiner Kompagnie Sergeant! ... Ritter beider russischer Orden! ... Sind wir denn schon so weit? ..." Dann endlich schleuderte mein Vater den Kalender aufs Sofa und versank in Nachdenklichkeit, die nichts Gutes verhieß.

Plötzlich wandte er sich an die Mutter:

„Awdotja Wassiljewna, wie alt kann wohl Peter sein?"

„Ja, er ist jetzt im siebzehnten Jahr," antwortete die Mutter: „Peter ist in demselben Jahre geboren, als die Tante Nastasia Gerasimowna lahm wurde und damals war es auch, daß ..."

„Ja, ja," unterbrach sie der Vater: „nun ist es für ihn Zeit, in den Dienst zu treten. Schon viel zu viel hat er sich in den Mädchenkammern herumgetrieben und den Tauben nachgestellt."

Der Gedanke an eine Trennung von mir, die schon so bald stattfinden sollte, berührte meine Mutter so heftig, daß sie den Löffel in die Kasserolle fallen ließ und Tränen ihr Gesicht überströmten. Mein Jubel jedoch wäre schwer zu schildern. Der Gedanke an den Dienst verschmolz in mir mit dem Gedanken an

Freiheit und an die vielen Vergnügungen des Petersburger Lebens. Ich sah mich schon als Offizier in der Garde, und das war, wie ich damals glaubte, der Gipfel irdischer Seligkeit.

Mein Vater liebte es weder seine Pläne zu ändern, noch deren Ausführung zu verschieben. Der Tag meiner Abreise wurde bestimmt. An dem ihm vorhergehenden Abend erklärte mein Vater, daß er beschlossen habe, meinem zukünftigen Kommandanten über mich zu schreiben und verlangte Feder und Papier.

„Versäume nur ja nicht, Andrej Petrowitsch," sagte meine Mutter: „auch von mir dem Fürsten B. einen Gruß zu bestellen und ich wäre davon überzeugt, daß er unserm Peter seine Gnade nicht entziehen wird."

„Was redest du da!" entgegnete der Vater finster. „Aus welchem Grunde soll ich denn dem Fürsten B. schreiben?"

„Du sagtest doch, daß du dem Chef Peters schreiben wolltest."

„Nun und was dann?"

„Ja, der Chef Peters ist doch eben der Fürst B. Peter ist doch dem Semjonowschen Regiment zugezählt."

„Zugezählt! Was geht das mich an, daß er zugezählt ist? Peter soll nicht nach Petersburg fahren. Was soll er denn dort lernen, wenn er in Petersburg dient? Verschwendereien und Windbeuteleien? Nein, da soll er lieber in der Armee dienen, den Tornister schleppen, Pulver riechen, ein Soldat werden und kein latschiger Gardelaffe! Wo ist sein Paß? Gib mal her."

Die Mutter suchte meinen Paß hervor, den sie in einer Schatulle mitsamt dem Hemde, in dem ich getauft worden war, aufbewahrte und übergab ihn dem Vater mit zitternder Hand. Aufmerksam las ihn mein Vater durch, legte ihn vor sich auf den Tisch und begann seinen Brief.

Die Neugierde quälte mich. Wenn schon nicht nach Petersburg, wohin schickte man mich dann. Meine Augen hingen wie gebannt an des Vaters Feder, die sich ziemlich langsam bewegte. Schließlich war er fertig, machte aus dem Brief und dem Paß ein Paket, das er überdies versiegelte, nahm seine Brille ab, rief mich heran und sagte:

„Nimm hier diesen Brief und übergib ihn Andrej Karlowitsch R., meinem alten Kameraden und Freunde. Du fährst nach Orenburg, um unter ihm zu dienen."

Und so brachen denn alle meine glänzenden Hoffnungen zusammen! Anstatt des lustigen Petersburger Lebens erwartete mich Langeweile in einem wüsten und fernen Lande. Der Dienst, an den ich noch vor einer Minute mit solchem Jubel gedacht hatte, erschien mir jetzt ein schweres Unglück. Doch da war kein Widerspruch möglich! Schon am frühsten Morgen des nächsten Tages fuhr der Reisewagen an der Freitreppe vor; man verpackte in ihm meinen Koffer, ein Etui mit dem Teegeschirr und Pakete mit frischem Brot und Pasteten, ein letztes Zeichen häuslicher Verwöhnung. Meine Eltern segneten mich. Der Vater sagte:

„Leb wohl, Peter. Diene treu, wenn du geschworen hast, gehorche deinen Vorgesetzten, sei kein Speichellecker, dränge dich nie beim Dienst vor, aber vermeide auch nie den Dienst, und gedenke des Sprichwortes: Hüte das neue Kleid und die Ehre in der Jugendzeit.“

Weinend verlangte meine Mutter von mir, daß ich auf meine Gesundheit bedacht wäre und von Saweljitsch, ihr Kind zu behüten. Darauf zog man mir einen Hasenpelz an und darüber einen Fuchspelz. Saweljitsch und ich setzten uns in den Reisewagen und ich begann meinen Weg unter bitteren Tränen.

Schon in derselben Nacht erreichten wir Simbirsk, wo ich einen Tag verbringen sollte, um die wichtigsten Sachen einzukaufen, mit welchem Geschäfte Saweljitsch betraut worden war. Wir stiegen in einem Gasthause ab. Am Morgen verließ mich Saweljitsch, um in die verschiedenen Kaufläden zu gehen. Da es mir langweilig wurde, aus dem Fenster auf die schmutzige Straße zu sehen, spazierte ich durch alle Zimmer. Als ich auch ins Billardzimmer kam, sah ich einen hochgewachsenen Herrn, von 35 Jahren, mit langem schwarzen Schnurrbart, im Schlafrocke, mit einem Queue in der Hand und der Pfeife zwischen den Zähnen. Er spielte mit dem Kellner, der jedesmal, wenn er gewann, ein Glas Schnaps trinken durfte, wenn er jedoch verlor, auf allen Vieren unter das Billard kriechen mußte. Ich sah dem Spiel zu. Je länger es dauerte, um so öfter wiederholte sich das Lustwandeln auf allen Vieren, bis endlich der Kellner gleich ganz unter dem Billard blieb. Der Herr sandte ihm ein paar starke Ausdrücke als Leichenrede nach und schlug mir vor, eine Partie mit ihm zu spielen. Ich lehnte ab, da ich nicht zu spielen verstand. Dies kam ihm sehr eigentümlich vor. Er sah mich wie mitleidig an; doch wir kamen ins Plaudern. Ich erfuhr, daß er Iwan Iwanowitsch Surin hieße, daß er Rittmeister des **Husarenregiments sei, sich in Simbirsk aufhielte, um Rekruten in Empfang zu nehmen und in diesem Gasthause wohne. Surin forderte mich auf mit ihm zu Mittag zu speisen und zwar nach Soldaten-Art, was Gott gäbe. Ich willigte freudig ein. Wir setzten uns zu Tisch. Surin trank sehr viel und bewirtete mich die ganze Zeit, indem er sagte, daß man sich an den Dienst gewöhnen müsse; er erzählte mir Anekdoten aus der Armee, daß ich vor Lachen fast umfiel, und als wir das Diner beendet hatten, waren wir die besten Kameraden. Dann erbot er sich auch, mich das Billardspiel zu lehren.

„Das," sagte er mir, „hat ein jeder von uns beim Kommiß nötig. Kommt man zum Beispiel auf dem Marsch in einen abgelegenen Ort; womit soll man sich beschäftigen? Doch nicht immer und immer Juden prügeln. Da geht man dann eben ins Wirtshaus und spielt Billard; aber darum muß man zu spielen verstehen!"

Ich war völlig überzeugt und mit großem Eifer machte ich mich an die Erlernung des Spieles. Durch laute Zurufe ermunterte mich Surin, wunderte sich über meine schnellen Fortschritte, und bereits nach einigen Übungen schlug er mir vor, um Geld zu spielen, um je einen Groschen, nicht um des Gewinstes, sondern damit man nicht so umsonst spielen müsse, was nach seiner Meinung eine schlechte Angewohnheit sei. Auch damit war ich einverstanden und Surin ließ Punsch servieren und überredete mich, davon zu kosten, indem er wiederholte, daß man sich an den Dienst gewöhnen müsse, und was wäre der Dienst ohne den Punsch! Ich folgte ihm. Unser Spiel ging weiter. Je öfter ich meinen Becher leerte, desto kühner wurde ich. Alle Augenblicke flogen meine Bälle über den Rand, ich wurde hitzig, beschimpfte den Kellner, der, Gott weiß wie, zählte und von Stunde zu Stunde vergrößerte ich meinen Einsatz. – Mit einem Wort, ich führte mich wie ein Knabe auf, der zum ersten Male die Freiheit spürt. Unterdessen verging die Zeit unmerklich. Surin sah auf die Uhr, legte das Queue hin und teilte mir mit, daß ich hundert Rubel verloren hätte. Das erregte mich ein wenig. Meine Gelder bewahrte Saweljitsch auf. Ich entschuldigte mich. Surin unterbrach:

„Ach laß das! beunruhige dich nicht, ich kann sehr gut warten; nun aber laß uns zu Arinuschka fahren."

Was war zu wollen? Mein Tag endete so liederlich wie er begonnen hatte. Wir soupierten bei Arinuschka. Surin goß mir alle Augenblicke ein und wiederholte beständig, daß man sich an den Dienst gewöhnen müsse. Vom Tische aufstehend, konnte ich mich kaum auf meinen Füßen halten; um Mitternacht brachte mich Surin wieder ins Gasthaus.

Saweljitsch begegnete uns auf der Treppe. Als er die unzweifelhaften Anzeichen meines Diensteifers sah, stöhnte er:

„Was ist mit dir geschehen, junger Herr?“ sagte er mit kläglicher Stimme; „wo hast du so geladen? Ach Gott! hat man schon so eine Sünde gesehen!“

„Schweig, alter Kerl!“ entgegnete ich ihm stotternd. „Du bist sicher betrunken; marsch, schlafen ... und bring mich zu Bett.“ Am andern Tage erwachte ich mit Kopfschmerzen und erinnerte mich dunkel an die gestrigen Vorfälle. Meine Gedanken wurden durch Saweljitsch unterbrochen, der mit einer Tasse Tee zu mir kam.

„Früh, Peter Andrejewitsch,“ sagte er zu mir und schüttelte den Kopf, „früh fängst du an zu bummeln. Und wem artest du nach? Weder Vater noch Großvater waren Säufer; von der Mutter schon gar nicht zu reden: die hat in ihrem Leben nichts als Kwaß in den Mund zu nehmen die Güte gehabt. Wer aber ist an allem schuld? Der verdammte Musje! So kam er immer zur Antipjewna gelaufen: Madame, je vous prii Wodka. Da hast du nun dein ganzes je vous prii! Nicht zu sagen: dieser Hundesohn hat dich gut erzogen. Und daß man auch gerade zum Erzieher einen Heiden aussucht! Als wenn der Herr nicht seine eigenen Leute hätte!“

Eigentlich schämte ich mich, ich wandte mich ab und sagte:

„Du kannst gehen, Saweljitsch; ich will deinen Tee nicht.“

Aber es war nichts Geringes, Saweljitsch zum Schweigen zu bringen, wenn er schon einmal zu predigen begonnen hatte.

„Sieh du mal, Peter Andrejewitsch, ist es denn wirklich so schön das Bummeln. Der Kopf ist schwer und man mag nicht essen. Der Säufer taugt zu nichts ... Trink doch mal Gurkensauce mit Honig, am besten aber wäre es, wenn du durch einen kleinen Kräuterschnaps dich nüchtern machen würdest, willst du nicht?“

In diesem Moment kam ein Knabe herein und brachte mir ein Billett von I. I. Surin. Ich erbrach es und las folgende Zeilen:

„Mein teurer Peter Andrejewitsch, bitte schicke mir durch meinen Knaben die hundert Rubel zu, die du gestern an mich verloren hast. Ich benötige das Geld dringend.

Zu allen Diensten bereit

Iwan Surin!“

Da war nichts zu machen. Ich machte ein möglichst gleichgültiges Gesicht, wandte mich an Saweljitsch, der der Verwalter *meines Geldes, meiner Wäsche und meiner Geschäfte* war und befahl ihm, dem Knaben hundert Rubel zu geben.

„Wie! warum?“ fragte mich der bestürzte Saweljitsch.

„Ich schulde sie ihm,“ entgegnete ich mit aller nur möglichen Kaltblütigkeit.

„Schulden!“ antwortete Saweljitsch, der von Minute zu Minute immer mehr erstaunte: „Ja wie kannst du sie ihm denn schulden? Da ist etwas nicht in Ordnung. Es ist dein Wille, Herr, aber das Geld gebe ich nicht heraus.“

Ich bedachte, daß, wenn ich in dieser entscheidenden Minute den alten Starrkopf nicht unterbekäme, es mir in Zukunft äußerst schwierig sein würde, mich von seiner Vormundschaft zu befreien und darum sah ich ihn hochmütig an und sagte:

„Ich bin der Herr und du bist mein Diener. Das Geld gehört mir. Ich habe es verspielt, weil es mir so gefiel; dir aber kann ich nur raten, hier nicht den Klugen zu spielen, sondern auszuführen, was man dir befiehlt.“

Saweljitsch war von meinen Worten so überrascht, daß er ganz starr dastand und nur die Hände zusammenschlug.

„Worauf wartest du denn noch?“ schrie ich wütend.

„Väterchen Peter Andrejewitsch,“ sprach er mit zitternder Stimme: „quäle mich nicht so und mach mich nicht traurig. Ach du mein Licht, hör doch auf mich den Alten: schreibe diesem Räuber, daß du nur gescherzt hättest und daß wir gar nicht soviel Geld hätten. Hundert Rubel! Barmherziger Gott! Sage, daß deine Eltern dir aufs strengste verboten hätten um anderes zu spielen als um Nüsse ...“

„Schwätz keine Dummheiten,“ unterbrach ich ihn streng, „her mit dem Gelde oder ich schmeiß dich hinaus.“

Saweljitsch sah mich tieftraurig an und dann holte er, was ich schuldig war. Der arme Alte tat mir eigentlich leid; ich aber wollte meine Freiheit und außerdem ihm beweisen, daß ich kein Kind sei. Das Geld wurde Surin zugestellt. Saweljitsch hatte jedoch Eile, mich aus dem verwünschten Gasthaus zu bringen. Er erschien mit der Nachricht, daß die Pferde bereit seien. Mit unruhigem

Gewissen und stummer Reue verließ ich Simbirsk, nahm von meinem Lehrer keinen Abschied, da ich nicht glaubte, ihn jemals wiederzusehen.

Zweites Kapitel

Der Führer

Ach du Weite, du, weite Ferne du,
Ach du Flur, du unbekannte du!
Daß ich zu dir doch nicht kommen wär',
Hätt' das gute Pferd mich nicht zu dir geführt:
So verführten sie des kühnen Knaben Herz,
Flinke Eile, kühner Jugendmut,
Des berauschten Bluts Vergessenheit.

Altes Lied

Meine Betrachtungen auf dem Wege waren nicht sehr heiter. Mein Verlust war nach dem damaligen Geldwerte nicht unbedeutend. Ich mußte mir innerlich gestehen, daß mein Betragen im Simbirskschen Gasthaus dumm war und so fühlte ich mich Saweljitsch gegenüber schuldig. Das alles quälte mich. Finster saß der Alte ganz an den Rand des Wagens gedrückt, wandte sich von mir ab, schwieg und räusperte sich nur zuweilen. Ich wollte mich unbedingt mit ihm versöhnen, aber ich wußte nicht wie es anzufangen sei. Endlich sagte ich ihm:

„Nun, nun Saweljitsch! Es ist schon genug, wollen wir Frieden machen, ich bin ja schuld; ich sehe selbst ein, daß ich schuld bin, ich habe gestern gelumpt und dich um nichts beleidigt. Ich verspreche dir in Zukunft klüger zu sein und mehr auf dich zu hören. Ärgere dich nicht weiter und machen wir Frieden."

„Ach Väterchen Peter Andrejewitsch!" entgegnete er mit einem tiefen Seufzer: „auf mich selber bin ich wütend, selber bin ich an allem schuld. Wie konnt' ich dich auch allein im Gasthause lassen! Was tun? Die Sünde ist nun mal geschehen: ich gedachte die Küsterfrau, meine Gevatterin, aufzusuchen. Und so war's denn: ging zur Gevatterin, ließ dich in dem verfluchten Loch allein. Ein

Unglück und damit genug! Wie soll ich meinem Herrn vor die Augen treten? Und wenn sie's erfahren, was werden sie dazu sagen, daß das Kind trinkt und spielt?"

Um den armen Saweljitsch zu trösten, versprach ich ihm, nie wieder ohne seine Einstimmung auch nur eine Kopeke zu verschleudern. Allmählich beruhigte er sich dann, konnte es aber nicht lassen, immer noch zuweilen vor sich herzumurmeln, indem er den Kopf schüttelte:

„Hundert Rubel! Keine Kleinigkeit!"

Ich näherte mich dem Orte meiner Bestimmung. Rings um mich dehnten sich traurige Wüsten aus, die von Hügeln und Schluchten durchschnitten wurden. Alles war von Schnee bedeckt ... Die Sonne sank. Unser Reisewagen fuhr auf einem schmalen Wege oder genauer gesagt, er folgte der Spur von Bauernschlitten. Plötzlich schaute unser Fuhrmann scharf zur Seite, wandte sich dann an mich, indem er den Hut abnahm, und sagte:

„Herr befiehlst du nicht lieber umzukehren?"

„Und, warum das?"

„Das Wetter ist unzuverlässig: schon erhebt sich ein leichter Wind; und sieh, wie er den frischen Schnee aufwirbelt."

„Ja was geht das uns an?"

„Aber siehst du auch, daß dort ...?"

Und der Fuhrmann wies mit der Peitsche nach Osten.

„Ich sehe dort nichts außer weißer Steppe und hellem Himmel."

„Nein, nein: jenes Wölkchen meine ich."

Und tatsächlich sah ich nun am Rande des Himmels ein weißes Wölkchen, das ich anfangs für einen kleinen fernen Hügel gehalten hatte. Der Fuhrmann teilte mir mit, daß dieses Wölkchen einen heftigen Schneesturm prophezeie.

Ich hatte von den dortigen Schneestürmen gehört und wußte, daß ganze Karawanen von ihnen verschüttet worden waren. Saweljitsch stimmte der Ansicht des Fuhrmannes bei und riet umzukehren. Doch der Wind schien mir nicht stark zu sein: ich glaubte, daß es möglich wäre, noch rechtzeitig die nächste Station zu erreichen, und befahl schneller zu fahren.

Der Fuhrmann beeilte sich und sah immer scharf nach Osten. Die Pferde liefen munter. Der Wind wurde von Stunde zu Stunde heftiger. Das Wölkchen verwandelte sich in eine weiße Wolke, die schwer heraufkam, wuchs und allmählich den ganzen Himmel bedeckte. Feiner Schnee kam herab, plötzlich fiel er in dichten Flocken. Der Wind heulte, das war der Schneesturm. In einem Augenblick war der dunkle Himmel mit dem Meer von Schnee verschmolzen. Alles verschwand.

„Nun, Herr," schrie der Fuhrmann, „ist das Unglück da – der Schneesturm! ..."

Ich schaute aus dem Reisewagen, alles war Sturm und dunkel. Der Wind heulte mit solch wildem Ausdruck, als wäre er lebendig; der Schnee überschüttete mich und Saweljitsch. Die Pferde gingen im Schritt und blieben bald stehen.

„Was fährst du denn nicht mehr weiter?" fragte ich den Fuhrmann ungeduldig.

„Was soll man da noch weiterfahren?" entgegnete er, indem er vom Bock kroch, „sowieso wissen wir nicht, wohin wir gefahren sind: da ist kein Weg zu sehen und ringsum nur Finsternis."

Ich schimpfte auf ihn ein. Saweljitsch trat für ihn ein.

„Warum mußtest du auch nicht hören," sagte er böse, „wärst du doch lieber in die alte Herberge zurückgekehrt, hättest Tee getrunken, bis zum Morgen geschlafen, dann hätte auch der Sturm nachgelassen und wir konnten weiterfahren. Wohin eilen wir denn so? Gut wär's, wenn's noch auf eine Hochzeit ginge!"

Saweljitsch hatte recht. Da war nichts mehr zu machen, der Schnee stürzte nur so. Um den Reisewagen herum bildete sich ein hoher Schneehaufen. Die Pferde standen da, ließen die Köpfe hängen und erzitterten von Zeit zu Zeit. Der Fuhrmann hatte nichts zu tun und machte sich am Geschirr zu schaffen. Saweljitsch brummte; ich schaute ringsum und hoffte irgendein Anzeichen von Weg oder Wohnung zu erblicken, doch ich konnte nichts sehen als das trübe Wirbeln des Schneesturmes. Plötzlich sah ich etwas Schwarzes.

„He, Fuhrmann!" schrie ich, „sieh doch mal hin – was ist das da für ein schwarzer Gegenstand?"

Der Fuhrmann schaute angestrengt hin.

„Gott weiß was, Herr,“ sagte er, indem er sich auf seinen Platz setzte; „nicht eigentlich ein Wagen, nicht eigentlich ein Baum, denn es bewegt sich scheinbar. Vielleicht ein Wolf oder ein Mensch.“

Ich befahl ihm, auf den unbekannten Gegenstand zuzufahren, der sich im selben Augenblicke uns entgegenbewegte. Nach etwa zwei Minuten begegneten wir einem Manne.

„He, guter Mann!“ schrie ihm der Fuhrmann zu: „sag', weißt du nicht, wo der Weg ist?“

„Der Weg ist hier, ich stehe auf hartem Boden,“ entgegnete der Wanderer, „aber warum fragst du?“

„Hör' mal, lieber Bauer,“ sagte ich zu ihm, „vielleicht kennst du diese Gegend hier? Willst du mich bis zum nächsten Nachtquartier führen?“

„Ich kenne die Gegend,“ antwortete der Wanderer, „ich habe sie, Gott sei Dank, kreuz und quer durchfahren und durchwandert. Aber was für ein Wetter das ist, da kann man jeden Augenblick vom Wege abkommen. Besser wäre es, hier zu halten und zu warten, der Sturm wird nachlassen und der Himmel klarer werden, dann werden die Sterne uns schon den Weg zeigen.“

Seine Kaltblütigkeit ermunterte mich. Ich war schon bereit, mich in mein Schicksal zu ergeben und in der Steppe zu übernachten, als plötzlich der Wanderer sich gewandt auf den Bock schwang und dem Fuhrmann sagte: „Nun, Gott sei Dank, ein Haus ist nicht mehr fern; biege nach rechts ab und fahre drauflos.“

„Warum soll ich nach rechts fahren?“ fragte der Fuhrmann mürrisch, „wo siehst du denn einen Weg? Du glaubst wohl, daß die Pferde und das Geschirr nicht mir gehören und daß wir nur so drauflosfahren können.“

Mir schien der Fuhrmann recht zu haben.

„Allerdings,“ sagte ich, „warum glaubst du denn, daß ein Haus nahe sei?“

„Deshalb, weil der Wind von dorther wehte,“ antwortete der Wanderer, „und ich den Geruch des Rauches spürte; folglich ist ein Dorf in der Nähe.“

Seine Findigkeit und die Feinheit des Geruchs verwunderten mich. Ich befahl dem Kutscher zu fahren. Schwer stampften die Pferde durch den tiefen Schnee. Der Reisewagen bewegte sich nur langsam vorwärts, denn bald mußte ein Schneehaufen überfahren werden, bald sanken wir in einen Graben, und es war ein beständiges Schwanken von einer Seite zur anderen wie ein Schiff auf stürmischem Meer. Saweljitsch stöhnte und jeden Augenblick stieß er gegen mich. Ich ließ die Matte aus starkem Lindenbast herab, hüllte mich fester in meinen Pelz und schlief ein, eingewiegt vom Gesange des Sturmes und dem Schaukeln der langsamen Fahrt.

Und ich hatte einen Traum, den ich niemals mehr vergessen konnte und in dem ich auch noch heute etwas wie eine Prophezeiung sehe, wenn ich ihn mit den seltsamen Geschehnissen meines Lebens zusammenhalte. Der Leser wird mir verzeihen, denn er weiß vermutlich aus Erfahrung, wie sehr es dem Menschen eigen ist, sich dem Aberglauben hinzugeben, so sehr er auch alle Vorurteile verachten mag.

Ich verfiel in jenen Zustand der Sinne und der Seele, in welchem die Wirklichkeit den Träumen weichend, mit diesen zu den unklaren Bildnissen des ersten Schlummers verschmilzt. Mir schien es, als ob der Schneesturm noch wüte und als ob wir noch immer durch die Schneewüste irrten. Plötzlich sah ich ein Tor und fuhr auf unseren Gutshof. Mein erster Gedanke war die Furcht, mein Vater könnte über mich wegen der unfreiwilligen Rückkehr unter das Dach meines Vaterhauses zornig werden und dies für absichtlichen Ungehorsam halten. Unruhig sprang ich aus dem Reisewagen und sah: die Mutter kam mir auf der Treppe mit tieftraurigem Gesicht entgegen. Leise sagte sie zu mir: „Der Vater ist krank, ist dem Tode nahe und will von dir Abschied nehmen." Voll Furcht folge ich ihr ins Schlafgemach. Ich sehe, das Zimmer ist schwach beleuchtet; rings um das Bett stehen Menschen mit traurigen Gesichtern. Leise trete ich an das Bett heran; die Mutter schiebt den Vorhang zurück und spricht: „Andrej Petrowitsch! Peter ist zurückgekommen, als er von deiner Krankheit erfuhr; segne ihn." Ich kniete nieder und schaute auf den Kranken. Doch da? ... An Stelle meines Vaters sehe ich einen schwarzbärtigen Bauer im Bett liegen, der mich heiter ansieht. Verwundert wandte ich mich zur Mutter und fragte sie: „Was soll das bedeuten? Dies ist nicht der Vater. Und aus welchem Grunde soll ich um den Segen eines Bauern bitten?" – „Ach, das hat nichts zu sagen, Peter," entgegnete mir meine Mutter: „das ist dein stellvertretender Vater; küß ihm die Hand und mag er dich segnen ..." Ich willigte nicht ein. Da aber sprang der Bauer vom Bette auf, griff nach seinem Beile und begann es nach allen Seiten zu schwingen. Ich wollte fliehen ... und konnte nicht; das Zimmer füllte sich mit Leichen; ich strauchelte über Körper und glitt in den Blutlachen aus ... Der entsetzliche Bauer rief mich liebevoll an und sprach: „Fürchte dich nicht, sondern komm und laß dich segnen ...“ Grauen und Verwunderung packten mich ... Und in diesem Augenblicke erwachte ich, die Pferde hielten; Saweljitsch faßte mich an der Hand und sprach:

„Steig aus, Herr, wir sind da.“

„Wo denn?“ fragte ich und rieb mir die Augen.

„In einer Herberge. Gott half und wir stießen gerade auf ihren Zaun. Herr, steig schnell aus und erwärme dich.“

Ich stieg aus dem Wagen. Der Schneesturm wütete noch immer, wenn auch mit geringerer Gewalt. Es war so dunkel, daß man geradesogut sehen konnte wie ein Blinder. Der Gastwirt kam uns an die Pforte entgegen und führte mich, während er eine Laterne unter dem Rockschoß hielt, in die Wirtsstube, die eng, aber ziemlich reinlich war; ein Kienspan erleuchtete sie. An der Wand hingen eine lange Büchse und eine hohe Kosakenmütze.

Der Gastwirt, der von Geburt ein Kosak aus Jaik war, schien ein Mann von etwa sechzig Jahren zu sein, war aber noch frisch und rüstig. Saweljitsch brachte mein Teegeschirr herein und verlangte Feuer, um den Tee zu bereiten, der mir noch niemals so notwendig erschienen war wie jetzt. Der Wirt eilte, alles zu besorgen.

„Wo ist der Führer?“ fragte ich Saweljitsch.

„Hier, Euer Wohlgeboren“, entgegnete mir eine Stimme irgendwo von oben.

Ich blickte nach einer Art Hängeboden und sah einen schwarzen Bart und zwei funkelnde Augen.

„Bist wohl tüchtig durchfroren, Freundchen?“

„Wie soll man nicht frieren in so einer dünnen Jacke! Ich hatte noch einen Schafpelz, aber warum soll ich es verheimlichen, ich habe ihn gestern abend in der Kneipe versetzt, der Frost kam mir nicht so schlimm vor.“

In dieser Minute kam der Wirt mit dem dampfenden Samowar herein; ich bot unserm Führer eine Tasse Tee an; der Bauer kroch von seinem Hängeboden herunter. Sein Aussehen kam mir merkwürdig vor. Er war vierzig Jahre, von mittlerem Wuchse, mager, aber breitschulterig. Sein schwarzer Bart war schon ein wenig grau gesprenkelt, die lebhaften großen Augen liefen beständig umher, der Ausdruck seines Gesichtes war ziemlich angenehm, aber auch ein wenig schlau. Sein Haar war kreisförmig geschoren; er trug einen zerlumpten Kittel und tatarische Pluderhosen. Ich reichte ihm eine Tasse Tee, er trank einen Schluck und verzog das Gesicht.

„Euer Wohlgeboren erweisen mir vielleicht die Gnade ... und befehlen, daß man mir ein Glas Wein bringe; Tee ist nicht unser Kosakengetränk."

Gerne erfüllte ich sein Verlangen. Der Wirt nahm Kanne und Glas aus einem Tischaufsatz, trat an ihn heran und sah ihm ins Gesicht:

„Oh," sagte er, „du bist wieder in unserer Gegend! Von wo hat Gott dich hergeführt?"

Mein Führer zwinkerte bedeutungsvoll mit den Augen und antwortete mit einem Sprichwort:

„Im Garten habe ich Hanf gepickt, die Alte warf mit einem Stein nach mir und traf mich nicht. Nun, was machen die Euren?"

„Ja, was sollen Unsere denn machen!" entgegnete der Wirt, indem er in dem zweideutigen Gespräche fortfuhr: „Man wollte zum Abendgebete läuten, aber die Popenfrau erlaubte es nicht, der Pope ist zu Gast und die Teufel in der Gemeinde."

„Schweig, alter Freund," versetzte mein Landstreicher, „es wird ein Regen kommen, und es werden auch Pilze kommen, und werden Pilze da sein, so werden auch Körbe da sein; jetzt aber (hier zwinkerte er wieder bedeutsam) verbirg das Beil, der Förster kommt. Auf Euer Wohlgeboren Gesundheit!"

Bei diesen Worten ergriff er seinen Becher, bekreuzigte sich und trank ihn auf einen Zug leer, dann verbeugte er sich vor mir und suchte wieder seinen Hängeboden auf.

Ich konnte damals nichts von diesem Diebesgespräche verstehen, später aber erriet ich, daß sie von den Zuständen im Jaikschen Heere sprachen, welches damals nach dem Aufruhr im Jahre 1772 eben erst gebändigt worden war. Saweljitsch hörte höchst unzufrieden zu. Argwöhnisch sah er bald den Wirt, bald den Führer an. Diese Herberge lag weit vom Wege ab in der Steppe, wo keine Ansiedlung in der Nähe war, und glich sehr einem Räuberwirtshause. Doch da war nichts zu machen. Es war unmöglich, an eine Fortsetzung der Fahrt zu denken. Die Unruhe Saweljitschs amüsierte mich sehr. Indessen machte auch ich mich zur Nacht bereit und legte mich auf die Bank. Saweljitsch beschloß, auf den Ofen zu kriechen; der Gastwirt lag auf dem Fußboden. Bald schnarchte die ganze Hütte und ich schlief wie ein Toter.

Am nächsten Morgen erwachte ich ziemlich spät und sah, daß der Sturm vergangen war, die Sonne leuchtete hell. Der Schnee lag wie ein blendendes Tuch auf der unübersehbaren Steppe. Die Pferde waren angespannt. Ich zahlte dem Gastwirt, der eine so mäßige Summe verlangte, daß sogar Saweljitsch keinen Streit mit ihm anfing und nicht wie gewöhnlich zu handeln begann; der gestrige Verdacht war völlig aus seinem Kopfe geschwunden. Ich rief den Führer, dankte ihm für die erwiesene Hilfe und befahl Saweljitsch, ihm einen halben Rubel für Schnaps zu geben. Saweljitschs Gesicht verdüsterte sich.

„Einen halben Rubel für Schnaps!" sagte er, „ja, wofür denn? Dafür vielleicht, daß du die Güte hattest, ihn auf deinem Wagen zur Herberge zu führen? Obgleich es dein Wille ist, Herr: wir haben aber keinen überflüssigen halben Rubel. Wenn man jedem Trinkgeld geben wollte, würde man bald selber hungern müssen."

Ich wollte mit Saweljitsch nicht streiten. Ich hatte ihm versprochen, daß er meine Gelder nach seinem Gutdünken verwalten dürfe. Es war mir aber trotzdem sehr unangenehm, daß ich mich bei diesem Menschen nicht bedanken konnte, der uns, wenn auch nicht aus einer Gefahr, so doch zum wenigsten aus einer sehr peinlichen Lage befreit hatte.

„Gut," sagte ich kaltblütig, „wenn du ihm schon keinen halben Rubel geben willst, so gib ihm irgend eines meiner Kleidungsstücke. Er ist zu dünn gekleidet. Gib ihm meinen Hasenpelz."

„Mein Gott, lieber Herr Peter Andrejewitsch!" sagte Saweljitsch, „wozu ihm denn den Hasenpelz geben? Der Hund wird ihn ja doch nur in der nächsten Schenke versaufen."

„Es braucht doch dir keine Sorge zu machen, alter Freund," sagte mein Landstreicher, „ob ich ihn nun versaufe oder nicht. Seine Wohlgeboren schenken mir einen Pelz von der eigenen Schulter, das ist eben sein Herrenwille, deine Sklavensache aber ist es, nicht zu streiten, sondern zu gehorchen."

„Du fürchtest Gott nicht, du Räuber!" entgegnete ihm Saweljitsch wütend; „du siehst doch, daß das Kind noch nichts begreift, und bist froh, es in seiner Einfalt zu bestehlen. Was brauchst du einen herrschaftlichen Pelz? Du kannst ihn ja nicht mal über deine verfluchten Schultern bringen."

„Bitte, räsoniere nicht," sagte ich zu meinem Erzieher, „bring' ihn sofort her."

„Großer Gott!“ stöhnte Saweljitsch, „den fast ganz neuen Hasenpelz! Und wenn's noch jemand anders wäre, aber so – einem Säufer, einem Lumpen!“

Allein, der Hasenpelz erschien. Der Bauer versuchte ihn anzuziehen, und tatsächlich war der Pelz, aus dem ich schon fast herausgewachsen war, auch ihm ein wenig zu eng. Allein, es gelang ihm doch auf irgendeine Weise, und so zog er ihn denn an, während die Nähte platzten. Saweljitsch fing fast zu heulen an, als er die Nähte krachen hörte. Der Landstreicher war von meinem Geschenke sehr befriedigt. Er gab mir bis zum Reisewagen das Geleite und sagte dann mit einer tiefen Verbeugung:

„Besten Dank, Euer Wohlgeboren! Möge Gott Ihre Güte belohnen. Niemals werde ich Ihre Gnade vergessen.“

Er ging seines Weges und auch ich fuhr weiter, ohne Saweljitsch zu beachten, und hatte bald den gestrigen Schneesturm, meinen Führer und den Hasenpelz vergessen.

In Orenburg angekommen, begab ich mich geradewegs zum General. Ich erblickte einen Mann von hohem Wuchse, den das Alter schon gebeugt hatte. Seine langen Haare waren ganz weiß. Sein alter und etwas verblichener Uniformrock war wie eine Erinnerung an einen Krieger aus der Zeit Anna Iwanownas; er sprach mit stark deutschem Akzent. Ich gab ihm meines Vaters Brief. Als er seinen Namen las, musterte er mich schnell.

„Mein Gott!“ sagte er, „ist es denn schon so lange her, daß Andrej Petrowitsch noch in deinen Jahren war, und jetzt hat er schon einen solch wackeren Burschen zum Sohn! Ach, die Zeit, die Zeit!“

Er erbrach den Brief und las ihn halblaut, indem er ab und zu Bemerkungen machte: „Gnädigster Herr Andrej Karlowitsch, ich hoffe, daß Eure Exzellenz ... was sind das für Zeremonien? Pfui, er sollte sich schämen! Natürlich Disziplin – Hauptsache, aber schreibt man so einem alten Kameraden? ... Eure Exzellenz nicht vergessen haben ... Hm ... und ... damals ... der verstorbene Feldmarschall Mün... Feldzug ... wie auch ... Karolinchen! ... O Bruder! So erinnert er sich auch noch immer an unsere alten Sünden? Doch zur Sache ... zu ihm, meinem Taugenichts ... Hm ... mit stacheligen Handschuhen anzufassen ... Was sind *stachelige Handschuhe*? Das muß wohl so eine russische Redensart sein ... Was bedeutet das mit *stacheligen Handschuhen* anfassen?“ fragte er, indem er sich an mich wandte.

„Das bedeutet," entgegnete ich mit möglichst unschuldiger Miene, „möglichst gnädig umgehen, nicht allzu streng, einige Freiheit lassen, mit einem Wort, mit *stacheligen Handschuhen* anfassen."

„Hm, ich verstehe ... Und ihm keine Freiheit geben ... Nein, die *stacheligen Handschuhe* müssen doch etwas anderes bedeuten ... Gleichzeitig ... sein Paß ... Wo ist denn der? Ach so ... Aus dem Semjonoffschen Regiment streichen lassen ... Gut, gut: Wollen wir machen ... Erlaubst, daß ich dich ohne alle Titel umarme und ... alter Kamerad und Freund. Ah! also endlich ... und so weiter, und so weiter ..."

„Nun, Lieber," sagte er, nachdem er den Brief durchgelesen hatte und meinen Paß weglegte; „nun wird alles gemacht werden, du wirst als Offizier in das *** Regiment versetzt werden, und damit du keine Zeit verlierst, sollst du schon morgen zur Festung Bjelogorsk abreisen, wo der Hauptmann Mironow, ein guter und ehrlicher Mann, dein Kommandant sein wird. Dort wirst du wirklichen Dienst und Disziplin lernen. In Orenburg kannst du nicht bleiben: Zerstreuungen sind einem jungen Manne schädlich. Für heute aber bitte ich dich, mit mir zu Mittag zu speisen."

„Von Stunde zu Stunde schönere Aussichten!" dachte ich; „was hilft es mir jetzt, daß ich fast noch im Mutterleibe Sergeant der Garde wurde! Und wohin hat mich das nun geführt? Zum *** Regiment, in eine wüste Festung, die auf der Grenze der kirgisisch-kosakschen Steppen liegt! ..." Ich speiste bei Andrej Karlowitsch zusammen mit seinem alten Adjutanten. Strenge deutsche Sparsamkeit herrschte an seinem Tische, und eigentlich denke ich, daß die Furcht, zuweilen einen Gast mehr an seiner Junggesellentafel zu sehen, teilweise der Grund war, weswegen ich so schleunigst in die Garnison geschickt wurde. Am nächsten Tage nahm ich vom General Abschied und begab mich an den Ort meiner Bestimmung.

Drittes Kapitel

Die Festung

In der Festung lebt sich's gut,
Brot und Wasser sind genug;
Aber wenn der wilde Feind
Gut bei uns zu tafeln meint,
Scheuen wir wohl keinen Schaden,
Werden die Kanonen laden.
Soldatenlied
Altmodische Leute, Väterchen.

„Der Krautjunker“

Die Festung Bjelogorsk lag vierzig Werst von Orenburg entfernt. Der Weg führte an den steilen Ufern des Jaik entlang. Der Fluß war noch nicht zugefroren und seine bleifarbenen Wellen zogen traurig und dunkel zwischen den einförmigen, schneebedeckten Ufern hin. Hinter ihnen dehnten sich die kirgisischen Steppen aus. Ich verfiel in traurige Gedanken. Das Garnisonleben hatte für mich wenig Anziehendes. Ich versuchte mir den Hauptmann Mironow vorzustellen, der mein zukünftiger Chef sein sollte, und sah ihn in der Phantasie als einen strengen, mürrischen Greis, der für nichts außer für den Dienst Sinn hatte und bereit war, mich für jede Kleinigkeit bei Wasser und Brot in Arrest zu setzen. Unterdessen dunkelte es langsam. Wir fuhren ziemlich rasch.

„Ist es noch weit bis zur Festung?“ erkundigte ich mich bei meinem Fuhrmann.

„Nicht mehr weit,“ entgegnete er, „dort sieht man sie schon.“

Ich schaute mich nach allen Seiten um und erwartete drohende Basteien, Türme und Wälle zu erblicken, aber es war nichts zu sehen außer einem Dörfchen, das von einem Bretterzaune umgeben war. Auf der einen Seite standen dann noch drei oder vier Heuschober, die vom Schnee fast zugeweht waren; auf der andern eine windschiefe Mühle mit träge herunterhängenden Flügeln.

„Wo ist denn die Festung?“ fragte ich erstaunt.

„Aber da ist sie“, antwortete der Fuhrmann, wies auf das Dörfchen, und schon fuhren wir hinein.

Am Tore bemerkte ich eine alte gußeiserne Kanone; die Gassen waren eng und krumm; die Hütten niedrig und zum großen Teil mit Stroh gedeckt. Ich befahl zum Kommandanten zu fahren, und nach einer Minute hielt mein Reisewagen vor einem hölzernen Häuschen, das auf einer Anhöhe in der Nähe der gleichfalls hölzernen Kirche errichtet war.

Niemand kam mir entgegen. Ich trat in die Vorhalle und öffnete die Tür zum Vorzimmer. Auf einem Tische saß dort ein alter Invalide und nähte einen blauen Fleck auf den Ellbogen einer grünen Uniform. Ich befahl ihm, mich zu melden.

„Tritt nur ein, Väterchen,“ sagte mir der Invalide, „unsere Leute sind alle zu Hause.“

Ich trat in ein reinliches, kleines Zimmer mit altmodischen Möbeln. In der einen Ecke stand ein Geschirrschrank; an der Wand hing ein Offiziersdiplom unter Glas und Rahmen; neben ihm prangten ein paar einfache Holzschnitte, die die Einnahme Küstrins und Otschakoffs, eine Brautfahrt und das Begräbnis eines Katers darstellten.

Am Fenster saß eine alte Frau in einer gestrickten Jacke, ihren Kopf bedeckte ein Tuch; sie wickelte Garn von den ausgebreiteten Armen eines einäugigen Greises in Offiziersuniform.

„Womit kann ich Ihnen dienen, Väterchen?“ fragte sie und setzte ihre Beschäftigung fort.

Ich antwortete, daß ich hier dienen solle und gekommen wäre, mich pflichtschuldigst bei dem Herrn Hauptmann zu melden, und bei diesen Worten wollte ich mich an den einäugigen Greis wenden, da ich in ihm den Kommandanten zu sehen glaubte; doch die Hausfrau unterbrach meine auswendig gelernte Rede.

„Iwan Kusmitsch ist nicht zu Hause,“ sagte sie, „er ist beim Priester Gerasim auf Besuch; doch das macht nichts, Väterchen, ich bin seine Frau. Bitte, erweise mir die Ehre. Setz' dich, Väterchen!“

Dann rief sie einem Mädchen und befahl ihr, den Urjädnik zu rufen. Unterdessen schaute mich der Greis mit seinem einen Auge neugierig an.

„Darf ich mir erlauben, Sie zu fragen," sagte er, „in welchem Regimente Sie zu dienen beliebten?"

Ich befriedigte seine Neugier.

„Und darf ich mir auch erlauben, zu fragen," fuhr er fort, „aus welchem Grunde Sie beliebten, sich von der Garde zur Linie versetzen zu lassen?"

Ich antwortete, daß meine Vorgesetzten es so beschlossen hätten.

„Wahrscheinlich für Vergehungen, die eines Gardeoffiziers unwürdig sind?" fragte er unermüdlich weiter.

„Genug mit dem Geschwätz!" rief ihm die Hauptmannsfrau zu, „siehst du nicht, daß der junge Mann von der Reise müde ist, ihm ist's jetzt gar nicht um dich zu tun! Halte die Arme gestreckt! Du aber, Väterchen," sprach sie weiter, indem sie sich an mich wandte, „sei nicht traurig, daß man dich in unsere Einöde verbannt hat. Du bist nicht der erste und wirst auch nicht der letzte sein. Kommt Zeit, kommt Rat. Schon fünf Jahre ist es her, daß Alexej Iwanowitsch Schwabrin zu uns versetzt wurde wegen Totschlages. Gott weiß, was ihn dazu gebracht hat; er fuhr, mußt du wissen, mit einem Leutnant vor die Stadt, dort nahmen sie ihre Degen und stachen aufeinander los, und Alexej Iwanowitsch hat den Leutnant auch richtig erstochen; und dazu noch vor zwei Zeugen! Was ist da zu machen? Der Sünde ist noch keiner Herr geworden."

In diesem Augenblick trat der Urjädnik, ein junger und stattlicher Kosak, ein.

„Maximytsch!" sagte die Hauptmannsfrau zu ihm, „suche dem Herrn Offizier eine Wohnung, aber eine saubere."

„Zu Befehl, Wassilissa Jegorowna," antwortete der Urjädnik, „soll ich seine Wohlgeboren nicht zu Iwan Poleschajew bringen?"

„Unsinn! Maximytsch," sagte die Hauptmannsfrau, „Poleschajew ist sowieso eingeengt, außerdem ist er mein Gevatter und weiß, daß wir seine Vorgesetzten sind. Führe den Herrn Offizier – wie ist Ihr Vor- und Vatersname, Väterchen?"

„Peter Andrejewitsch."

„Führe Peter Andrejewitsch zu Semjon Kusow. Der Halunke hat sein Pferd in meinen Gemüsegarten gelassen. Nun und sonst, Maximytsch, steht alles gut?"

„Gott sei Dank, alles ist ruhig", antwortete der Kosak; „nur der Korporal Prochorow hat sich im Bade mit Ustinja Negulina wegen einer Kanne heißen Wassers geprügelt."

„Iwan Ignatjitsch!" sagte die Hauptmannsfrau zu dem einäugigen Alten, „untersuche die Sache mit dem Prochorow und der Ustinja, wer von ihnen recht hat und wer die Schuld trägt. Und bestrafe beide. Nun, Maximytsch, geh mit Gott. Peter Andrejewitsch, Maximytsch wird Sie in Ihre Wohnung bringen."

Ich verbeugte mich. Der Unteroffizier brachte mich zu einer Hütte, die hart an der Grenze der Festung am hohen Flußufer stand. Die Hälfte der Hütte nahm die Familie Semjon Kusows ein, die andere Hälfte wurde mir angewiesen. Sie bestand aus einem Zimmer, das durch eine Scheidewand in zwei Teile geteilt wurde und ziemlich sauber war. Saweljitsch brachte alles in Ordnung; ich schaute zum schmalen Fenster hinaus. Vor mir breitete sich die traurige Steppe aus. Mir gegenüber sah ich einige ärmliche Hütten stehen; auf der Straße trieben sich Hühner umher. Vor einer Tür stand eine alte Frau mit einem Troge und rief ihre Schweine, die ihr mit zutraulichem Grunzen antworteten. In solch einem Lande sollte ich also meine Jugend verbringen. Trostlose Sehnsucht überwältigte mich; ich verließ das Fenster und legte mich ohne Abendessen schlafen, ungeachtet aller Ermahnungen Saweljitschs, der immer wieder erzürnt wiederholte:

„Mein Gott, mein Gott! aber auch gar nichts beliebt er zu essen! Was wird die gnädige Frau sagen, wenn das Kind krank wird?"

Am Morgen des nächsten Tages, als ich eben mit dem Ankleiden beschäftigt war, ging plötzlich die Tür auf und ein junger Offizier von nicht zu hohem Wuchs mit braunem Gesicht und merkwürdig unschönen, aber lebensvollen Zügen trat zu mir herein.

„O verzeihen Sie mir," sagte er auf französisch zu mir, „daß ich so ohne alle Umstände hier eindringe, um Ihre Bekanntschaft zu machen. Ich hörte gestern von Ihrer Ankunft; der Wunsch, endlich ein menschliches Gesicht zu sehen, wurde so stark, daß ich's nicht länger aushielt: Sie werden das begreifen, wenn Sie hier einige Zeit gelebt haben."

Ich erriet sofort, daß dies der Offizier sei, den man aus der Garde eines Duells wegen hieher versetzt hatte. Wir wurden sofort gute Bekannte. Schwabrin war außerordentlich klug. Seine Art zu sprechen war beißend und anregend. Mit vielem Humor beschrieb er mir die Familie des Kommandanten, die Gesellschaft und auch das Land, wohin mich das Schicksal verschlagen hatte. Ich lachte gerade von ganzem Herzen, als jener Invalide bei mir eintrat, der im Vorzimmer des Kommandanten die Uniform geflickt hatte, und mich im Namen Wassilissa Jegorownas zum Mittagessen einlud. Schwabrin bot sich an, mich zu begleiten.

Als wir uns dem Hause des Kommandanten näherten, sahen wir auf dem Vorplatz etwa zwanzig bejahrte Invaliden mit langen Zöpfen und alten Dreimastern stehen. Sie waren in einer Front aufgestellt. Vor ihnen stand in einer Schlafmütze und in einem chinesischen Schlafrock der Kommandant, ein rüstiger Greis von hohem Wuchse. Als wir näher kamen, trat er auf uns zu, sagte mir einige liebenswürdige Worte und kommandierte dann weiter. Wir blieben stehen, um uns das Exerzieren anzuschauen; er aber bat uns, zu Wassilissa Jegorowna hineinzugehen und versprach uns, auf dem Fuße zu folgen.

„Hier", fügte er hinzu, „ist nichts für euch zu sehen."

Wassilissa Jegorowna empfing uns einfach, aber herzlich, und ging mit mir um, als wäre ich schon lange ihr Bekannter. Der Tisch wurde vom Invaliden und Palaschka gedeckt.

„Warum wohl mein Iwan Kusmitsch heute solange zu tun hat?" sagte die Hauptmannsfrau. „Palaschka, ruf den Herrn zum Mittagessen. Und wo ist denn Mascha?"

Ein Mädchen von etwa achtzehn Jahren trat ein, mit rundlichem, rosigen Gesicht, lichtbraunen Haaren, die die Ohren, welche nur so glühten, freiließen. Im ersten Augenblicke gefiel sie mir nicht sehr. Ich sah sie mit einem gewissen Vorurteil an. Schwabrin hatte mir Mascha, die Tochter des Hauptmanns, als völlige Einfalt geschildert. Marja Iwanowna setzte sich in eine Ecke und nähte. Man trug die Kohlsuppe auf. Wassilissa Jegorowna, die ihren Mann immer noch nicht kommen sah, schickte Palaschka zum zweiten Male nach ihm aus.

„Sage dem Herrn, die Gäste warten, die Suppe wird kalt; das Exerzieren läuft ihm doch, Gott sei Dank, nicht weg; mag er sich nachher ausschreien."

Bald darauf kam der Hauptmann, der von dem einäugigen Alten begleitet wurde.

„Aber Väterchen, was soll das heißen?" fragte ihn seine Frau, „das Essen ist schon lange aufgetragen, dich aber kann man nicht laut genug rufen."

„Ja, siehst du, Wassilissa Jegorowna," entgegnete Iwan Kusmitsch, „das war der Dienst, ich mußte die Soldatchen einexerzieren."

„Ach was!“ widersprach seine Frau, „prahle nicht mit deinem Einexerzieren der Soldaten – weder taugen sie zum Dienst, noch hast du von ihm eine Ahnung. Wenn du lieber zu Hause sitzen würdest und zu Gott beten, das wäre sicher gescheiter. Nun aber, liebe Gäste, seid so gut und nehmt Platz.“

Wir setzten uns zum Essen. Wassilissa Jegorowna schwieg eine Minute, dann überschüttete sie mich mit Fragen. Wer meine Eltern seien, ob sie noch lebten, und wo sie lebten, und welcher Art ihre Vermögensverhältnisse wären? Als sie dann hörte, daß mein Vater dreihundert Leibeigene hätte, rief sie aus: „Ist's denkbar! Es gibt also auf der Welt noch reiche Leute! Wir, Väterchen, haben nur dieses eine Mädchen Palaschka; aber Gott sei Dank, es geht trotzdem. Nur eins ist dumm; unsere Mascha könnte nun bald heiraten, aber was können wir ihr mitgeben? einen Kamm, einen Badeschwamm und ein Dreikopekenstück (verzeih Gott mir die Sünde!), um zuvor in die Badestube zu gehen. Es wäre recht, wenn sich ein guter Mensch fände; sonst wird sie wohl als alte Jungfer sterben.“

Ich sah Marja Iwanowna an, sie errötete und sogar Tränen tropften auf ihren Teller. Sie tat mir leid, und ich beeilte mich, den Gesprächstoff zu verändern.

„Ich hörte,“ sagte ich ziemlich unangebracht, „daß die Baschkiren die Festung überfallen wollen.“

„Von wem, Väterchen, hast du denn das gehört“, fragte Iwan Kusmitsch.

„Man sagte mir so etwas in Orenburg“, antwortete ich.

„Unsinn!“ sagte der Hauptmann, „wir haben schon lange nichts mehr davon gehört. Die Baschkiren sind ein eingeschüchtertes Volk und auch die Kirgisen sind jetzt klug geworden. Ach nein, die lassen uns sicher in Ruhe; und sollten sie es nicht tun, so will ich ihnen eine solche Lehre erteilen, daß sie für zehn Jahre genug haben werden.“

„Fürchten Sie sich nicht,“ fuhr ich fort, indem ich mich an die Hauptmannsfrau wandte, „in einer Festung zu bleiben, die solchen Gefahren ausgesetzt ist?“

„Gewohnheit, Väterchen!“ sagte sie, „vor zwanzig Jahren, als wir aus dem Regiment hierher versetzt wurden, ach, du lieber Gott, wie fürchtete ich damals die verfluchten Heiden! Und kam es dann vor, daß ich ihre Luchsmützen sah oder ihr schrilles Pfeifen hörte, willst du mir glauben, Väterchen, daß mein Herz da manches Mal fast stillstand! Jetzt habe ich mich an das alles so gewöhnt, daß ich mich auch nicht vom Fleck rühre, wenn man mir mitteilt, daß die Halunken um die Festung streichen."

„Wassilissa Jegorowna ist eine sehr tapfere Dame," bemerkte Schwabrin wichtig, „Iwan Kusmitsch kann das bezeugen."

„Ja, höre," sagte Iwan Kusmitsch, „das Weib ist tatsächlich keine von den verzagten."

„Und Marja Iwanowna?" fragte ich, „ist sie ebenso mutig wie Sie?"

„Ob Mascha mutig ist?" antwortete ihre Mutter. „O nein, durchaus nicht, Mascha ist feige. Noch heute kann sie keinen Flintenschuß hören, gleich zittert sie. Als aber vor zwei Jahren Iwan Kusmitsch sich ausgedacht hatte, zu meinem Namenstag aus unserer Kanone zu schießen, da wäre unser Täubchen vor Schrecken fast ins Jenseits entflohen. Seit jener Zeit schießen wir denn auch nicht mehr aus dieser verflixten Kanone."

Die Tafel wurde aufgehoben. Der Hauptmann und seine Frau gingen, ihren Nachmittagsschlummer abzuhalten, ich begleitete Schwabrin, mit dem ich auch den ganzen Abend verbrachte.

Viertes Kapitel

Das Duell

Wenn's denn gefällig sei, stell' dich in Positur,
Wir woll'n sehn, wie ich durchbohr' dir die Figur.

Knjaschnin

Es vergingen einige Wochen und mein Leben in der Bjelogorsker Festung gestaltete sich nicht nur erträglich, sondern wurde sogar angenehm. Im Hause des Kommandanten wurde ich wie ein naher Verwandter behandelt. Mann und Frau waren hochachtbare Menschen. Iwan Kusmitsch war der Sohn eines gemeinen Soldaten und trotzdem Offizier geworden. Er war ungebildet und einfach, und doch der ehrlichste und beste Mensch. Seine Frau beherrschte ihn, was mit seiner Sorglosigkeit in Einklang stand. Wassilissa Jegorowna verhielt sich zu den Dienstangelegenheiten wie zu ihren häuslichen und regierte die Festung genau so wie ihren Haushalt. Marja Iwanowna hörte bald auf, sich vor mir zu scheuen. Wir lernten einander kennen. Ich erkannte in ihr ein kluges und feinfühliges Mädchen. Unmerklich fühlte ich mich zu dieser herzensguten Familie gehörig und selbst zu Iwan Ignatjitsch, dem einäugigen Garnisonleutnant, von dem Schwabrin sagte, er stände in unerlaubten Beziehungen zu Wassilissa Jegorowna, welche Worte auch nicht einmal einen Schatten von Wahrheit bargen; doch um so etwas kümmerte sich Schwabrin wenig.

Ich wurde zum Offizier ernannt. Der Dienst wurde mir nicht schwer. In dieser von Gott geschützten Festung gab es weder Paraden, noch Exerzierübungen, noch Wachen. Wenn es ihm Spaß machte, exerzierte der Kommandant manchmal mit den Soldaten, doch war er in seinen Bemühungen noch nicht so weit gekommen, daß alle gewußt hätten, welches die rechte und welches die linke Seite sei. Schwabrin besaß einige französische Bücher. Ich begann zu lesen und die Liebe zur Literatur erwachte in mir. Des Morgens las ich meist, übte mich in Übersetzungen und machte manchmal sogar eigene Verse; mittags aß ich fast immer beim Kommandanten, wo ich auch gewöhnlich den Rest des Tages zubrachte. Zuweilen erschien dort abends der Priester Gerasim mit seiner Frau Akulina Pamphilowna, der größten Klatschbase im Umkreis. Mit Alexej Iwanowitsch Schwabrin war ich natürlich jeden Tag zusammen, doch allmählich wurde mir seine Unterhaltung immer unangenehmer. Seine ewigen Scherze über die Kommandantenfamilie gefielen mir durchaus nicht, und besonders kränkten mich seine beißenden Äußerungen über Marja Iwanowna. Eine andere Gesellschaft gab es in der Festung nicht, doch es muß auch gesagt werden, daß ich mir keine andere wünschte.

Ungeachtet aller Prophezeiungen war es diesmal mit dem Aufruhr der Baschkiren nichts. Stille herrschte rings um unsere Festung. Doch dieser schöne Friede wurde durch einen unerwarteten inneren Zwist gestört.

Ich erwähnte schon, daß ich mich mit Literatur beschäftigte. Meine Versuche waren für die damalige Zeit erträglich und einige Jahre später hat Alexander Petrowitsch Sumarokow sie sehr gelobt. So gelang es mir denn einmal, ein Liedchen zu schreiben, mit dem ich zufrieden war. Es ist bekannt, daß Dichter manches Mal, wo sie scheinbar nur um Rat fragen, einen wohlgeneigten Hörer suchen. Und so brachte ich mein Liedchen, nachdem ich es abgeschrieben hatte, zu Schwabrin, der allein in der ganzen Festung fähig war, die Schöpfung eines Poeten zu würdigen. Nach ein paar Worten zog ich ein Heftchen aus meiner Tasche und las ihm folgende Strophen vor:

Liebesgedanken wollt' ich mit Müh'n,
Wollte der Liebsten selber entrinnen,
Dich, meine Mascha, endlich zu fliehn
Und meine Freiheit neu zu gewinnen.

Doch deine Augen, die mich betört,
Allaugenblicklich vor mir standen,
Haben die Seele in mir zerstört,
Schlugen mir meine Ruhe in Banden.

So du erkennest nun meine Pein,
Mögest du, Mascha, Erbarmen üben,
Da ich – soll so mein Schicksal sein –
Dein Gefangener bin geblieben.

„Nun, wie findest du es?" fragte ich Schwabrin und erwartete sein Lob wie einen mir unbedingt zukommenden Tribut. Doch Schwabrin, der gewöhnlich so nachsichtig war, erklärte zu meinem großen Verdruß, daß mein Lied nicht gut sei.

„Und warum das?" fragte ich ihn und verbiß so gut es ging meinen Unmut.

„Darum," antwortete er, „weil diese Verse meines Lehrers Wassili Kyrilowitsch Tretjakowki würdig sind und mich an seine Liebeslieder erinnern."

Bei diesen Worten nahm er denn auch mein Heft und kritisierte mitleidlos jeden Vers und jedes Wort und machte sich gleichzeitig über mich in der allerbissigsten Art und Weise lustig. Das konnte ich nicht ertragen, riß ihm mein Heft aus der Hand und sagte ihm, daß ich ihm niemals mehr meine Sachen zeigen würde. Auch über diese Drohung lachte Schwabrin.

„Wollen sehen," sagte er, „ob du dein Wort auch halten kannst; der Autor hat einen Zuhörer ebenso nötig wie Iwan Kusmitsch seinen Schnaps vor dem Essen. Wer aber ist die, der du deine zärtlichen Leidenschaften und deine verliebten Leiden offenbarst? Sollte es nicht am Ende Marja Iwanowna sein?"

„Das ist nicht deine Sache," entgegnete ich und war schon etwas ärgerlich, „wer diese Mascha auch immer sein möge. Ich verlange weder deine Meinung noch deine Ratereien."

„Oho! welch selbstgefälliger Poet und welch bescheidener Liebhaber!" fuhr Schwabrin fort, mich von Minute zu Minute mehr reizend. „Doch höre meinen freundschaftlichen Rat: wenn du Erfolg haben willst, so rate ich dir, nicht mit Liedern zu operieren."

„Was soll das heißen? Ich bitte um eine Erklärung."

„Gern", sagte er. „Ich wollte sagen, wenn du Mascha Mironows Besuche um die Zeit der Dämmerung wünschst, daß du ihr an Stelle zärtlicher Verse lieber ein Paar Ohrringe schenken sollst."

Mein Blut schäumte.

„Und warum glaubst du derartiges von ihr?" fragte ich, und nur mit Mühe hielt ich meinen Zorn zurück.

„Darum," entgegnete er mit einem höllischen Lächeln, „weil ich ihren Geschmack und ihre Gewohnheiten aus Erfahrung kenne."

„Du lügst, Schurke!" schrie ich in sinnloser Wut, „du lügst in der allerschamlosesten Weise."

Schwabrins Ausdruck veränderte sich.

„Das kann ich dir nicht so hingehen lassen," sagte er und preßte meine Hand, „Sie werden mir Satisfaktion geben."

„Bitte, wann es dir beliebt!" entgegnete ich erfreut.

Denn in dieser Minute wäre ich bereit gewesen, ihn in Stücke zu reißen.

Noch in derselben Stunde begab ich mich zu Iwan Ignatjitsch und traf ihn mit einer Nadel in der Hand an; dem Befehle der Kommandantin gehorchend, reihte er Pilze auf einen Faden, die für den Winter getrocknet werden sollten.

„Ah, Peter Andrejewitsch!" sagte er, als er mich erblickte: „seien Sie bestens willkommen! Was hat Sie denn hierhergeführt? Welche Angelegenheit, wenn ich mir zu fragen erlauben darf?"

In kurzen Worten erklärte ich ihm, daß ich mich mit Alexej Iwanowitsch gestritten hätte und ihn, Iwan Ignatjitsch, ersuche, mein Sekundant zu sein.

Iwan Ignatjitsch hörte mir aufmerksam zu und glotzte mich mit seinem einzigen Auge an.

„Sie haben da die Güte zu sagen," sprach er zu mir, „daß Sie Alexej Iwanowitsch erstechen wollen und wünschen, daß ich Zeuge dessen sei? Ist dem so, wenn ich es wagen darf, zu fragen."

„Allerdings."

„Aber erbarmen Sie sich, Peter Andrejewitsch! Was haben Sie da vor! Sie haben sich mit Alexej Iwanowitsch gestritten? Was ist denn dabei? Ein Zank ist noch immer gutzumachen. Hat er Sie beleidigt, so beschimpfen Sie ihn dafür; er schlägt Sie darauf ins Gefräß, Sie hauen ihn hinter die Ohren, einmal, zweimal, dreimal – und Sie gehen auseinander; wir werden Sie dann schon versöhnen. Aber ist denn das ein gutes Werk, seinen Nächsten zu erstechen, wenn ich es wagen darf, zu fragen? Und wenn Sie ihn noch wenigstens erstechen würden. Möge er mit Gott verscheiden, der Herr Alexej Iwanowitsch; ich selber bin auch kein großer Liebhaber von ihm. Wenn er nun aber Sie durchbohrt? Was wird dann sein? Wer wird dann der Genasführte sein, wenn ich es wagen darf, zu fragen?"

Diese Erörterungen des verständigen Leutnants brachten meine Absicht nicht ins Wanken. Ich blieb bei meinem Entschluß.

„Wie Sie wollen," sagte Iwan Ignatjitsch: „handeln Sie, wie es Ihnen am besten scheint, warum muß ich unbedingt dabei Zeuge sein? Aus welchem Grunde? Zwei Leute prügeln sich – was ist denn dabei Merkwürdiges, wenn ich es wagen darf, zu fragen? Mein Gott, ich habe mit den Schweden gekämpft und mit Türken: das habe ich alles schon gesehen."

Auf jede Weise versuchte ich, ihm das Amt des Sekundanten zu erklären; doch es gelang Iwan Ignatjitsch nicht, mich zu begreifen.

„Wie Sie wollen," sagte er: „jedoch wenn ich mich schon in diese Sache mischen soll, so würde ich höchstens zu Iwan Kusmitsch hingehen und ihm, wie es meine Pflicht ist, mitteilen, daß in der Festung eine Übeltat, die die Interessen der Regierung schädigt, geplant wird: ob es nicht dem Herrn Kommandanten wohlgefällig sein würde, die entsprechenden Maßregeln zu ergreifen."

Ich erschrak und bat Iwan Ignatjitsch, dem Kommandanten ja nichts zu erzählen; nur mit Mühe konnte ich ihn dazu bewegen; er gab mir sein Wort und ich entschloß mich, auf ihn zu verzichten.

Den Abend verbrachte ich wie gewöhnlich beim Kommandanten. Ich bemühte mich heiter und gleichmütig auszusehen, um keinen Verdacht aufkommen zu lassen und alle peinlichen Fragen zu vermeiden; doch ich muß bekennen, daß ich durchaus nicht jene Kaltblütigkeit in mir fühlte, deren sich fast immer diejenigen, die sich in meiner Lage befunden haben, rühmen. An diesem Abend war ich zärtlich-rührselig gestimmt. Marja Iwanowna gefiel mir mehr als sonst. Der Gedanke, daß ich sie vielleicht zum letzten Male sähe, gab ihr in meinen Augen etwas Rührendes. Auch Schwabrin erschien. Ich nahm ihn beiseite und verständigte ihn von meiner Unterredung mit Iwan Ignatjitsch.

„Wozu brauchen wir Sekundanten?“ sagte er mir trocken: „wir kommen auch ohne sie aus.“

Wir verabredeten einen Zweikampf bei den Heuschobern hinter der Festung und beschlossen, am andern Tag um sieben Uhr morgens zu erscheinen. Unsere Unterhaltung war anscheinend so freundschaftlich, daß Iwan Ignatjitsch sich vor Vergnügen verplapperte.

„So hätte es schon lange sein sollen,“ sagte er zu mir mit zufriedener Miene: „ein schlechter Friede ist besser als ein guter Streit, wenn auch nicht ehrenhaft, so doch jedenfalls gesund.“

„Was war los, Iwan Ignatjitsch,“ fragte die Kommandantin, die in einer Ecke Karten legte: „ich habe nicht recht gehört.“

Iwan Ignatjitsch, der an mir Anzeichen von Mißvergnügen bemerkte und sich außerdem auf sein Versprechen besann, wurde verlegen und wußte nichts zu antworten. Schwabrin kam ihm zu Hilfe.

„Iwan Ignatjitsch billigt unsere Versöhnung“, sagte er.

„Mit wem hast du dich denn gestritten, Väterchen?“

„Ich hatte mich mit Peter Andrejewitsch ziemlich heftig gestritten.“

„Warum denn?“

„Nur wegen einer Kleinigkeit, wegen eines Liedchens, Wassilissa Jegorowna.“

„Da habt ihr auch was Rechtes zum Streiten gefunden! um ein Liedchen ... Wie ging denn das zu? ...“

„Ja so: Peter Andrejewitsch hat kürzlich ein Lied geschrieben und sang es mir heute vor, mir aber gefiel mehr, mein Lieblingslied zu singen:

Hauptmanns Tochter, o gib acht,
Lustwandle nicht um Mitternacht.

Und so kam es zu einem Streit. Peter Andrejewitsch ärgerte sich, dann aber überlegte er sich, daß jeder singen könnte, was ihm gefiele. Damit fand die Sache ihr Ende."

Schwabrins Schamlosigkeit machte mich wütend; niemand jedoch außer mir konnte seine groben Anspielungen verstehen, zum mindesten wurde niemand auf sie aufmerksam. Das Gespräch kam von Liedern auf die Dichter, und der Kommandant äußerte sich dahin, daß sie alle Liederjahne und schwere Säufer wären, und riet mir freundschaftlich, doch ja die Verseschreiberei zu lassen, als eine Sache, die eigentlich dienstwidrig sei und zu keinem guten Ende führen könnte.

Schwabrins Anwesenheit wurde mir unerträglich. Ich verabschiedete mich bald vom Kommandanten und seiner Familie, ging nach Hause, besah meinen Degen, prüfte seine Spitze und legte mich schlafen, nachdem ich Saweljitsch den Befehl erteilt hatte, mich um sieben Uhr morgens zu wecken.

Zur festgesetzten Zeit stand ich am andern Tag hinter den Heuschobern und erwartete meinen Gegner. Bald kam er auch.

„Man könnte uns überraschen," sagte er mir, „beeilen wir uns."

Wir zogen die Uniformröcke aus, standen im bloßen Hemde da und zogen die Degen. In diesem Augenblick zeigten sich hinter einem Heuschober Iwan Ignatjitsch und fünf Invaliden. Er zitierte uns vor den Kommandanten. Unmutig gehorchten wir; die Soldaten umringten uns und wir folgten Iwan Ignatjitsch, der, mit großer Wichtigkeit voranschreitend, uns feierlich anführte.

Wir betraten das Haus des Kommandanten. Iwan Ignatjitsch öffnete die Türe und rief triumphierend:

„Ich hab' sie!" Wir wurden von Wassilissa Jegorowna empfangen.

„Ach, mein Väterchen! was soll das bedeuten? Wie? was? in unserer Festung wird ein Totschlag geplant? Iwan Kusmitsch, sofort ins Arrest mit ihnen! Peter Andrejewitsch, Alexej Iwanowitsch! die Degen her! her damit! sofort! Palaschka, trag die Degen in die Kammer! Peter Andrejewitsch! Das hätte ich von dir nicht erwartet, hast du denn kein Gewissen? Alexej Iwanowitsch mag's noch hingehen:

er ist sowieso wegen Totschlags aus der Garde gestrichen worden und glaubt nicht an den Herrgott: du aber, du? gehst du auch diesen Weg?"

Iwan Kusmitsch war mit seiner Gemahlin völlig einverstanden und fügte hinzu:

„Ja, hör' nur, Wassilissa Jegorowna hat ganz recht. Die Duelle sind in den Artikeln des Armeegesetzes formell verboten."

Unterdessen nahm Palaschka unsere Degen und trug sie in die Kammer. Ich konnte nicht ernst bleiben. Schwabrin bewahrte seine Würde.

„Bei all meiner Achtung vor Ihnen," sagte er ihr kaltblütig, „kann ich nicht umhin, zu bemerken, daß Sie sich ganz umsonst aufregen und über uns zu Gericht sitzen. Überlassen Sie das Iwan Kusmitsch; das ist *seine* Sache."

„Ach, Väterchen!" entgegnete die Kommandantin, „sind denn Mann und Frau nicht *ein* Geist und *ein* Leib? Iwan Kusmitsch! Was starrst du mich an? Setz jeden von ihnen in einen Winkel auf Wasser und Brot, daß ihnen ihre Torheit vergeht, und der Priester Gerasim soll ihnen eine Kirchenbuße auferlegen, damit sie Gott um Verzeihung bitten und vor den Menschen bereuen."

Iwan Kusmitsch wußte nichts anzufangen. Marja Iwanowna war sehr bleich. Langsam besänftigte sich der Sturm; die Kommandantin beruhigte sich und zwang uns, einander zu küssen. Palaschka brachte uns unsere Degen. Wir verließen den Kommandanten scheinbar versöhnt. Iwan Ignatjitsch begleitete uns.

„Sie sollten sich schämen," sagte ich ihm zornig, „daß Sie uns beim Kommandanten angezeigt haben, nachdem Sie mir Ihr Wort gegeben hatten, es nicht zu tun."

„Bei Gott, ich habe Iwan Kusmitsch nichts davon erzählt", antwortete er. „Wassilissa Jegorowna hat alles aus mir herausgeholt. Sie hatte auch alles ohne Wissen des Kommandanten angeordnet ... Übrigens, Gott sei Dank, daß alles so geendet hat."

Mit diesen Worten wandte er sich seinem Hause zu und Schwabrin und ich blieben allein.

„Unsere Sache kann hiermit nicht zu Ende sein", sagte ich ihm.

„Natürlich,“ antwortete Schwabrin, „Sie werden mit Ihrem Blute für Ihre Frechheit bezahlen. Man wird uns aber vermutlich beobachten. Einige Tage werden wir uns verstellen müssen. Auf Wiedersehen.“

Und wir verabschiedeten uns, als ob nichts vorgefallen wäre.

Als ich zum Kommandanten zurückkehrte, setzte ich mich wie gewöhnlich zu Marja Iwanowna. Iwan Kusmitsch war nicht zu Hause, Wassilissa Jegorowna mit der Wirtschaft beschäftigt. Wir unterhielten uns halblaut. Marja Iwanowna machte mir zärtlich Vorwürfe wegen der Unruhe, die ich allen durch meinen Streit mit Schwabrin verursacht hatte.

„Ich war vor Schrecken wie von Sinnen,“ sagte sie, „als mir mitgeteilt wurde, daß Sie mit den Degen aufeinander losgehen wollten. Wie seltsam sind die Männer! Ein Wort, das sie schon nach einer Woche gewiß vergessen haben – und sie sind bereit, einander zu ermorden, nicht nur Leben und Gewissen zu opfern, sondern auch das Glück jener, welche ... Doch ich bin überzeugt, daß nicht Sie den Streit begonnen haben. Gewiß trägt Alexej Iwanowitsch die Schuld.“

„Warum glauben Sie das, Marja Iwanowna?“

„Nur so ... er ist solch ein Spötter! Ich liebe Alexej Iwanowitsch nicht, er ist mir widerlich, sonderbar ist's nur, daß ich nicht um alles auf der Welt ihm mißfallen möchte. Das würde mich fürchterlich beunruhigen.“

„Was meinen Sie, Marja Iwanowna? Gefallen Sie ihm oder nicht?“

Marja Iwanowna stotterte etwas und errötete.

„Es scheint so,“ sagte sie endlich: „ich glaube, daß ich ihm gefalle.“

„Und warum scheint das Ihnen so?“

„Er hat um mich angehalten.“

„Angehalten? Um Sie angehalten! Wann denn?“

„Im vorigen Jahre, zwei Monate vor Ihrer Ankunft.“

„Und Sie haben nicht zugesagt?“

„Wie Sie reden. Alexej Iwanowitsch ist gewiß ein kluger Mensch und aus guter Familie und hat auch Vermögen; wenn ich aber bedenke, daß ich ihn im Hochzeitskranz vor so vielen Menschen küssen müßte ... o um nichts! ... um keine Glückseligkeit!“

Marja Iwanownas Worte öffneten mir die Augen und erklärten mir vieles. Ich begriff die beharrlichen Verleumdungen, mit denen Schwabrin sie verfolgte. Er hatte wahrscheinlich unsere gegenseitige Neigung bemerkt und ging darauf aus, uns auseinanderzubringen. Die Worte, die den Anlaß zu unserm Zwist gegeben hatten, erschienen mir um so gemeiner, als ich in ihnen statt eines groben und unpassenden Scherzes eine wohlerwogene Verleumdung erkannte. Der Wunsch, diesen frechen Verleumder zu bestrafen, wurde immer stärker, so daß ich ungeduldig auf die günstige Gelegenheit hoffte.

Ich brauchte nicht lange zu warten. Am anderen Tage, als ich über einer Elegie brütete, und in Erwartung eines Reimes am Federkiel kaute, klopfte Schwabrin an mein Fenster. Ich warf die Feder fort, griff nach dem Degen und ging zu ihm hinaus.

„Wozu aufschieben?" sagte mir Schwabrin, „man beobachtet uns nicht. Gehen wir zum Fluß, dort wird uns niemand stören!"

Wir schritten schweigend einher, kletterten einen steilen Pfad hinab, blieben hart am Ufer stehen und zogen unsere Degen. Schwabrin war erfahrener als ich, ich aber stärker und kühner als er. Monsieur Beaupré, der seinerzeit Soldat gewesen war, hatte mir einige Fechtstunden erteilt, die mir nun zugute kamen. Schwabrin hatte keinen so gefährlichen Gegner in mir. Lange Zeit hindurch konnte keiner von uns dem andern etwas anhaben. Endlich fühlte ich, daß Schwabrins Kraft nachließ; ich drang lebhaft auf ihn ein und trieb ihn fast in den Fluß hinein. Plötzlich hörte ich laut meinen Namen rufen. Ich sah mich um und erblickte Saweljitsch, der den Uferpfad zu mir herabeilte ... Gleichzeitig aber fühlte ich unter der rechten Schulter einen starken Stich in der Brust. Ich fiel und verlor das Bewußtsein.

Fünftes Kapitel

Die Liebe

O du Mädchen, schönes Mädchen du!
Geh nicht, Mädchen, in den Ehstand jung,
Frage, Mädchen, Vater, Mutter erst,
Vater, Mutter erst, die Verwandten all;

Daß am End' du klug geworden bist,
Klug geworden – sei dein Heiratsgut.

Volkslied

Bin ich besser, wie du glaubtest –
Du vergissest mein,
Bin ich schlechter, wie du glaubtest,
Du gedenkest mein.

Volkslied

Als ich wieder zu mir kam, konnte ich mich lange nicht besinnen und begriff nicht, was mit mir geschehen war. Ich lag in einem fremden Zimmer im Bett und fühlte mich sehr schwach. Vor mir stand Saweljitsch mit einem Licht in der Hand. Jemand löste behutsam die Verbände von der Brust und Schulter. Allmählich wurden meine Gedanken klarer. Ich erinnerte mich an mein Duell und erriet, daß ich verwundet sei. In diesem Augenblick knarrte die Tür.

„Wie geht's?" flüsterte eine Stimme, die mich erzittern machte.

„Immer noch wie früher," antwortete Saweljitsch seufzend, „immer noch ohne Besinnung, das ist nun schon der fünfte Tag."

Ich wollte mich umwenden, konnte es aber nicht.

„Wo bin ich? wer ist hier?" rief ich mit Anstrengung.

Marja Iwanowna trat an mein Bett heran und beugte sich über mich.

„Nun, wie fühlen Sie sich?" fragte sie.

„Gott sei Dank!" antwortete ich mit schwacher Stimme, „sind Sie das, Marja Iwanowna? Sagen Sie mir ..."

Ich war zu schwach, um weiter zu sprechen, und verstummte. Saweljitsch ächzte. Sein Gesicht strahlte vor Freude.

„Er ist wieder bei Bewußtsein! Er ist zu sich gekommen," wiederholte er, „Gott sei Dank! ach, Väterchen Peter Andrejewitsch, hast du mich erschreckt, das ist keine Kleinigkeit, schon fünf Tage!"

Marja Iwanowna unterbrach ihn.

„Sprich nicht zu viel mit ihm, Saweljitsch," sagte sie, „er ist noch schwach."

Sie verließ das Zimmer und schloß leise die Tür.

Die Gedanken stürmten auf mich ein. So war ich denn im Hause des Kommandanten, Marja Iwanowna war zu mir gekommen. Ich wollte Saweljitsch einige Fragen stellen, der Alte schüttelte aber den Kopf und hielt sich die Ohren zu. Ärgerlich schloß ich die Augen und vergaß mich im Schlaf.

Als ich erwachte, rief ich Saweljitsch herbei, an seiner Stelle trat aber Marja Iwanowna auf mich zu; ihre Engelsstimme begrüßte mich. Es ist mir unmöglich, die Süßigkeit zu schildern, die ich in dieser Minute empfand.

Ich ergriff ihre Hand, zog sie an meine Lippen und benetzte sie mit Tränen der Rührung. Mascha entzog sie mir nicht ... Und plötzlich berührten ihre Lippen meine Wange, und ich fühlte ihren warmen frischen Kuß. Mich durchfuhr es wie Feuer.

„Liebe, gute Marja Iwanowna," sagte ich ihr, „werde meine Frau, mache mich glücklich!"

Sie kam wieder zur Besinnung.

„Beruhigen Sie sich, um Gottes willen," sagte sie und entzog mir ihre Hand. „Sie sind noch in Gefahr, Ihre Wunde kann aufbrechen. Schonen Sie sich, wenn auch nur mir zuliebe." Mit diesen Worten entfernte sie sich und ließ mich in trunkenem Entzücken zurück. Das Glück machte mich gesund. Sie wird mein! sie liebt mich! dieser eine Gedanke erfüllte mich ganz und gar.

Von dem Augenblick an ging es mir von Stunde zu Stunde besser.

Mich behandelte der Regimentsfeldscher, denn in der Festung gab es keinen andern Arzt. Gott sei Dank stellte er keine Versuche mit mir an. Meine Jugend und meine kräftige Natur beschleunigten meine Wiederherstellung. Die ganze Kommandantenfamilie pflegte mich. Marja Iwanowna wich nicht von meiner Seite. Natürlich benutzte ich die erste Gelegenheit, um meine unterbrochene Erklärung fortzusetzen. Und Marja Iwanowna hörte mich geduldiger an. Ohne jede Koketterie gestand sie mir ihre herzliche Neigung und sagte, daß ihre Eltern sich gewiß über ihr Glück freuen würden.

„Aber denke nur gut nach," fügte sie hinzu, „ob nicht von seiten *deiner* Eltern Einwendungen gemacht werden könnten?"

Ich überlegte. An der Zärtlichkeit meiner Mutter zweifelte ich nicht; doch ich kannte die Art und Weise meines Vaters und fühlte, daß meine Liebe ihn nicht sehr rühren und er in alledem nur die Torheit eines jungen Menschen erblicken würde. Ich gestand das offenherzig Marja Iwanowna, beschloß aber trotzdem, meinem Vater, so beredt ich nur konnte, zu schreiben und ihn um seinen väterlichen Segen zu bitten. Ich zeigte den Brief dann Marja Iwanowna, die ihn so überzeugend und rührend fand, daß sie an seinem Erfolge nicht zweifelte und sich den zärtlichen Gefühlen ihres Herzens mit der ganzen Vertrauensseligkeit der Jugend und der Liebe hingab.

Mit Schwabrin versöhnte ich mich in den ersten Tagen meiner Wiederherstellung. Als mir Iwan Kusmitsch wegen des Duells einen Verweis erteilte, sagte er mir unter anderm:

„Ach, Peter Andrejewitsch, nun müßte ich dich eigentlich in Arrest setzen, aber du bist schon ohnedies gestraft. Aber Alexej Iwanowitsch sitzt im Kornmagazin unter Bewachung, und seinen Degen hält Wassilissa Jegorowna unter Schloß und Riegel. Mag er nachdenken und bereuen!"

Ich war zu glücklich, um ein feindliches Gefühl im Herzen zu hegen. Ich bat für Schwabrin, und nachdem der gutherzige Kommandant sich mit seiner Gemahlin verständigt hatte, entschloß er sich, ihm die Freiheit zu geben. Schwabrin kam zu mir; er drückte mir sein tiefstes Bedauern über das Vorgefallene aus, gab sich in allem die Schuld und bat mich, nicht mehr ans Vergangene zu denken. Da es nicht in meinem Charakter liegt, jemandem etwas nachzutragen, verzieh ich ihm aufrichtig unsern Streit und die Wunde, die ich von ihm erhalten hatte. In seiner Verleumdung erblickte ich nur die Bitterkeit verletzten Selbstgefühls und verschmähter Liebe – und großmütig entschuldigte ich meinen unglücklichen Nebenbuhler.

Bald war ich vollkommen hergestellt und konnte wieder mein Quartier beziehen. Ungeduldig erwartete ich die Antwort auf den abgesandten Brief; ich wagte nicht zu hoffen und bemühte mich, meine traurigen Ahnungen zu ersticken. Wassilissa Jegorowna und ihrem Manne hatte ich mich noch nicht erklärt; mein Antrag hätte sie aber kaum in Erstaunen versetzt. Weder ich noch Marja Iwanowna suchten unsere Gefühle vor ihnen zu verbergen; wir waren ihrer Einwilligung schon im vorhinein sicher.

Endlich kam an einem Morgen Saweljitsch mit einem Briefe zu mir. Zitternd nahm ich ihn entgegen. Die Adresse war von meinem Vater geschrieben. Dies bereitete mich auf etwas Wichtiges vor, denn gewöhnlich schrieb meine Mutter die Briefe, und er fügte nur einige Zeilen hinzu. Es war mir lange unmöglich, das Paket aufzubrechen, und immer wieder überlas ich die feierliche Aufschrift: „An meinen Sohn, Peter Andrejewitsch Grinjew im Gouvernement Orenburg in der Festung Bjelogorsk". Ich versuchte, aus der Handschrift die Stimmung zu erraten, in welcher der Brief geschrieben war. Endlich entschloß ich mich, ihn zu öffnen, aber schon aus den ersten Zeilen ersah ich, daß die Sache zum Teufel war. Der Inhalt des Briefes war folgender:

„Mein Sohn Peter! Deinen Brief, in dem Du uns um unsern elterlichen Segen und um unsere Zustimmung zur Heirat mit Marja Iwanowna Mironow bittest, erhielten wir am 15. dieses Monats, allein ich beabsichtige, Dir weder meinen Segen noch meine Zustimmung zu geben, sondern würde eher selbst zu Dir kommen, um Dir für Deine Streiche trotz Deines Offizierstitels wie einem dummen Jungen eine Lehre zu erteilen, denn Du hast bewiesen, daß Du noch unwürdig bist, den Degen zu tragen, der Dir zur Verteidigung des Vaterlandes übergeben wurde und nicht zu Duellen mit solchen Lumpen, wie Du einer bist. Gleichzeitig schreibe ich an Andrej Karlowitsch und bitte ihn, Dich aus der Bjelogorskschen Festung irgendwo weiterhin zu versetzen, damit Dir endlich Deine Tollheit geheilt wird. Als Deine Mutter von Deinem Duell und von Deiner Verwundung hörte, wurde sie vor Gram ganz krank und liegt nun zu Bett. Was soll aus Dir noch werden? Ich bitte Gott, daß Du Dich bessern mögest, obgleich ich nicht auf seine große Gnade zu hoffen habe.

Dein Vater A. G."

Die Lektüre dieses Briefes rief in mir die widersprechendsten Gefühle hervor. Die harten Ausdrücke, mit denen mein Vater nicht geizte, verletzten mich tief. Die Geringschätzung, mit der er Marja Iwanowna erwähnte, kam mir ebenso unwürdig wie ungerecht vor. Der Gedanke an meine Versetzung aus der Bjelogorsker Festung erschreckte mich; am bittersten traf mich aber die Nachricht von der Krankheit meiner Mutter. Ich zürnte Saweljitsch, denn ich zweifelte nicht, daß mein Duell nur durch ihn meinen Eltern bekanntgeworden war. Nachdem ich längere Zeit in meinem engen Zimmer auf und ab geschritten war, blieb ich vor ihm stehen und sah ihn zornig an:

„Du bist wohl noch nicht zufrieden, daß ich durch deine Schuld verwundet worden bin und mich einen ganzen Monat am Rande des Grabes befand; du willst auch noch meine Mutter umbringen."

Saweljitsch war wie vom Donner gerührt.

„Erbarm' dich, Herr," sagte er fast schluchzend, „was sprichst du da? Ich soll die Ursache deiner Verwundung sein? Gott weiß, daß ich mit meiner eignen Brust dich vor dem Degen Alexej Iwanowitschs bewahren wollte. Mein verfluchtes Alter hinderte mich daran. Was habe ich denn deiner Mutter getan?"

„Was du getan hast?" antwortete ich, „wer hat dich gebeten, mich zu Hause anzuzeigen? Bist du als Spion bei mir angestellt?"

„Ich hätte dich angezeigt?" antwortete Saweljitsch unter Tränen: „Herr Gott, himmlischer Vater! da lies doch, bitte, was der Herr mir heute schreibt: sieh, wie ich dich angezeigt habe."

Er nahm einen Brief aus der Tasche und las mir folgendes vor:

„Du solltest dich schämen, alter Hund, daß du trotz meiner strengen Befehle mir nichts von meinem Sohne Peter Andrejewitsch geschrieben hast und daß ich erst durch Fremde von seinen Streichen unterrichtet werde. Erfüllst du so deine Pflichten und den Willen deines Herrn? Ich werde dich, alten Hund, Schweine hüten lassen, weil du die Wahrheit verheimlicht hast und dem jungen Menschen folgst. Nach Empfang dieses Briefes befehl' ich dir, mir unverzüglich mitzuteilen, wie es mit seiner Gesundheit steht; man hat mir mitgeteilt, daß es ihm besser gehe. Schreibe mir außerdem, an welcher Stelle er verwundet worden ist und ob man ihn gut geheilt hat."

Es war klar, daß Saweljitsch recht hatte, und daß ich ihn grundlos mit meinen Vorwürfen und meinem Verdacht beleidigt hatte. Ich bat ihn um Verzeihung, doch der Alte war untröstlich.

„Das muß ich erleben!" wiederholte er, „solchen Dank ernte ich von meinen Herrschaften! Ich soll ein alter Hund und Schweinehüter sein und außerdem noch an deiner Wunde schuld sein! ... Nein, Väterchen Peter Andrejewitsch, nicht ich, der verwünschte Musje ist an allem schuld: er hat dich gelehrt, mit eisernen Bratspießen herumzustechen und mit den Füßen zu stampfen, als ob man sich durch Stechen und Stampfen vor einem bösen Menschen schützen könnte! Dazu mußte man den Musje engagieren und unnütz Geld ausgeben!"

Wer aber hatte sich die Mühe gemacht, meinen Vater von meinem Betragen zu benachrichtigen? Der General? Er schien sich nicht allzuviel um mich zu kümmern, und Iwan Kusmitsch fand es nicht für nötig, meinen Zweikampf anzuzeigen. Ich verlor mich in Vermutungen. Mein Verdacht fiel auf Schwabrin. Einzig er konnte einen Vorteil aus dieser Denunziation ziehen, die meine Entfernung aus der Festung und eine Trennung von der Kommandantenfamilie zur Folge haben konnte. Ich suchte Marja Iwanowna auf und teilte ihr alles mit. Sie kam mir im Flur entgegen.

„Was ist geschehen?“ fragte sie, als sie mich erblickte. „Sie sind so bleich!“

„Alles ist aus!“ antwortete ich und reichte ihr den Brief meines Vaters.

Jetzt wurde sie bleich. Nachdem sie den Brief durchgelesen hatte, gab sie ihn mir zitternd zurück und sagte mit bebender Stimme:

„Es scheint nicht mein Schicksal zu sein! ... Ihre Eltern wollen mich nicht in ihre Familie aufnehmen. So geschehe denn in allem der Wille Gottes! Er weiß besser als wir, was uns not tut. Da ist nichts zu tun, Peter Andrejewitsch, wenn Sie nur glücklich würden!“

„Das kann nicht sein!“ schrie ich auf und ergriff ihre Hand, „du liebst mich, ich bin zu allem bereit. Komm, wir wollen deinen Eltern zu Füßen fallen; sie sind schlichte Leute und nicht hochmütig und hartherzig ... Sie werden uns segnen, man wird uns trauen ... und später, wenn genug Zeit vergangen ist, bin ich überzeugt, daß wir meinen Vater erweichen werden; meine Mutter wird für uns bitten, er wird mir verzeihen ...“

„Nein, Peter Andrejewitsch,“ antwortete Mascha, „ich kann dich ohne den Segen deiner Eltern nicht heiraten. Ohne ihren Segen wirst du kein Glück haben! Unterwerfen wir uns dem Willen Gottes. Wenn du doch eine findest, die dir bestimmt ist, wenn du eine andere liebgewinnst – sei Gott mit dir, Peter Andrejewitsch; ich werde für euch beide ...“

Sie fing zu weinen an und verließ mich, ich wollte ihr ins Zimmer folgen, doch fühlte ich, daß ich mich nicht hätte beherrschen können und ging nach Hause.

Ich saß in tiefes Nachdenken versunken, als Saweljitsch plötzlich meine Betrachtungen unterbrach.

„Hier, Herr!“ sagte er und reichte mir ein beschriebenes Blatt Papier, „lies, ob ich meinen Herrn denunziere und den Sohn mit dem Vater auseinanderbringen will.“

Ich nahm das Papier aus seinen Händen. Es war die Antwort Saweljitschs auf den an ihn gerichteten Brief. Hier steht Wort für Wort:

„Herr Andrej Petrowitsch, unser gnädiger Vater!

Ihr gnädiges Schreiben habe ich erhalten, in welchem Sie mich, Ihren Knecht, zu schelten geruhten, daß ich mich schämen solle, dem herrschaftlichen Befehle nicht gehorcht zu haben. Ich bin aber kein alter Hund, sondern Ihr treuer Diener, ich gehorche den herrschaftlichen Befehlen, habe Ihnen immer mit Eifer gedient, und meine Haare sind in Ihrem Dienste grau geworden. Ich habe Ihnen von der Wunde Peter Andrejewitschs nichts gemeldet, weil ich Sie nicht unnötig erschrecken wollte, und ich habe gehört, daß die Herrin, unsere Mutter, Awdotja Wassilljewna, sich vor Schrecken hingelegt hat, und ich werde für ihre Gesundheit zu Gott beten, und Peter Andrejewitsch wurde unter der rechten Schulter in die Brust getroffen, gerade unter dem Knöchelchen, anderthalb Zoll tief, und er lag im Hause des Kommandanten, wohin wir ihn vom Ufer trugen. Und der hiesige Bader Stepan Paramonow behandelte ihn, und jetzt ist Peter Andrejewitsch, Gott sei Dank, gesund, und ich kann über ihn nichts als Gutes melden. Die Vorgesetzten sind mit ihm, wie man hört, zufrieden, und Wassilissa Jegorowna behandelt ihn wie den eigenen Sohn. Daß aber diese Affäre hier vorgefallen ist, das macht dem Jungen keine Schande. Hat das Roß auch vier Beine, so strauchelt es doch einmal. Und wenn Sie mir zu schreiben geruhen, daß Sie mich schicken werden, Schweine zu hüten, so geschehe Ihr herrschaftlicher Wille. Ich verneige mich demütig.

Ihr getreuer Diener
Archip Saweljitsch.“

Ich mußte einige Male lächeln, als ich das Schriftstück des guten Alten durchlas. Ich selber war nicht imstande, dem Vater zu antworten; um die Mutter zu beruhigen, genügte meiner Ansicht nach der Brief Saweljitschs.

Von dieser Zeit an veränderte sich meine Lage. Marja Iwanowna sprach fast gar nichts mit mir und bemühte sich, mich auf jede Weise zu meiden. Das Kommandantenhaus hatte für mich seinen Reiz verloren. Allmählich gewöhnte ich mich daran, allein zu Hause zu sitzen. Anfangs noch schalt mich Wassilissa Jegorowna deswegen, als sie aber meine Hartnäckigkeit sah, ließ sie mich in Ruhe. Mit Iwan Kusmitsch kam ich nur zusammen, wenn der Dienst es erforderte; Schwabrin sah ich selten und ungern, um so mehr, als ich in ihm die versteckte Feindschaft gegen mich bemerkte, was mich in meinem Verdachte bestärkte. Mein Leben wurde unerträglich, ich verfiel in düsteres Brüten, das durch meine Einsamkeit und Untätigkeit genährt wurde. Meine Liebe brannte in der Einsamkeit noch stärker und wurde von Stunde zu Stunde qualvoller. Ich verlor die Lust am Lesen und an der Literatur. Mein Mut sank. Ich fürchtete, wahnsinnig oder liederlich zu werden. Unerwartete Ereignisse, die auf mein ganzes Leben großen Einfluß hatten, riefen plötzlich in meiner Seele eine starke, wohltuende Erschütterung hervor.

Sechstes Kapitel

Pugatschow

Hört zu, ihr Jungen,
Was wir Alten erzählen!

Volkslied

Ehe ich an die Beschreibung der seltsamen Ereignisse gehe, deren Zeuge ich war, will ich zuvor mit wenigen Worten schildern, in welcher Lage sich das Gouvernement Orenburg gegen das Ende des Jahres 1773 befand.

Dieses große und reiche Gouvernement war von einer Menge halbwilder Völker besiedelt, die erst seit kurzer Zeit die Herrschaft der russischen Zaren anerkannten. Ihre fortgesetzten Aufstände, ihre Abneigung gegen Gesetze und bürgerliches Leben, ihre Haltlosigkeit und ihre Grausamkeit forderten von der Regierung unablässige Aufsicht, um sie in Gehorsam zu halten. An Plätzen, die man dazu für geeignet hielt, wurden Festungen erbaut, die man zum größten Teil mit Kosaken, den alten Anwohnern der Ufer des Jaik besiedelte. Allein diese selben jaikschen Kosaken, die Ruhe und Schutz dieses Landes bewahren sollten, waren seit einiger Zeit selbst unruhige und gefährliche Untertanen. Im Jahre 1772 kam es zu einer Meuterei in ihrer Hauptstadt. Sie war durch die strengen Maßregeln des Generalmajors Traubenberg verursacht, der das Heer zum schuldigen Gehorsam zwingen wollte. Die Folge war die barbarische Ermordung

Traubenbergs, eigenmächtige Veränderungen in der Verwaltung und die endliche Niederwerfung des Aufruhrs mit Kartätschen und grausamen Strafen.

Dies alles geschah einige Zeit vor meiner Ankunft in der Festung Bjelogorsk. Alles war oder schien wenigstens ruhig zu sein; die obersten Behörden hatten sich der geheuchelten Reue der listigen Aufrührer gegenüber zu leichtgläubig verhalten. Diese waren noch unzufrieden und warteten auf einen günstigen Augenblick, um die Unruhen zu erneuern.

Ich wende mich wieder meiner Erzählung zu.

Eines Abends (es war im Anfang Oktober des Jahres 1773) saß ich allein zu Hause, hörte dem Heulen des Herbststurms zu und schaute auf die Wolken, die am Monde vorbeieilten. Da wurde ich zum Kommandanten gerufen. Ich machte mich sofort auf den Weg. Beim Kommandanten fand ich Schwabrin, Iwan Ignatjitsch und den Kosakenunteroffizier vor. Weder Wassilissa Jegorowna noch Marja Iwanowna waren im Zimmer. Der Kommandant begrüßte mich mit besorgter Miene. Er schloß die Türe, ließ alle Platz nehmen außer dem Unteroffizier, der an der Türe stand, zog ein Papier aus der Tasche und sagte uns: „Meine Herren Offiziere! Eine wichtige Neuigkeit! Hören Sie, was der General schreibt.“ Hier setzte er die Brille auf und las folgendes vor:

„Dem Herrn Kommandanten der Festung Bjelogorsk, Hauptmann Mironow.

Geheim.

Hiermit teile ich Ihnen mit, daß ein entsprungener Sträfling, der Donsche Kosak und Sektierer Jemeljan Pugatschow die unverzeihliche Frechheit besessen hat, den Namen des verstorbenen Kaisers Peters III. anzunehmen und gleichzeitig eine verbrecherische Schar zu sammeln und die jaikschen Ansiedelungen zum Aufruhr zu reizen. Er hat bereits einige Festungen eingenommen und zerstört und überall geplündert und gemordet. Infolgedessen haben Sie, Herr Kapitän, nach Empfang dieses Schreibens unverzüglich die entsprechenden Maßnahmen zur Abwehr des genannten Bösewichts und Usurpators zu ergreifen und ihn womöglich gänzlich zu vernichten, falls er die Festung überfallen sollte, die Ihrer Obhut anvertraut ist.“

„Entsprechende Maßnahmen ergreifen!“ sagte der Kommandant, nahm seine Brille ab und faltete das Papier zusammen; „hör', das ist leicht zu sagen. Der Schuft ist augenscheinlich stark, wir haben im ganzen hundertunddreißig Mann, die Kosaken nicht eingerechnet, auf die man sich nicht verlassen kann, was für dich, Maximytsch, kein Vorwurf sein soll.“ Der Unteroffizier lächelte. „Allein, es ist nichts zu machen, meine Herren Offiziere! Seien Sie eifrig, organisieren Sie Wachen und nächtliche Patrouillen; schließen Sie die Tore im Falle eines Angriffs, und formieren Sie die Soldaten. Du, Maximytsch, gib auf deine Kosaken acht. Die Kanone soll untersucht und tüchtig gereinigt werden. Das Wichtigste ist aber, daß dies alles geheim bleibt, damit niemand in der Festung vorzeitig davon erfahre.“

Nachdem uns Iwan Kusmitsch diese Befehle erteilt hatte, entließ er uns. Ich ging mit Schwabrin, und wir unterhielten uns über das Gehörte.

„Was glaubst du wohl, womit das enden wird“, fragte ich ihn.

„Mein Gott,“ entgegnete er, „wir werden es schon sehen. Vorläufig sehe ich noch nichts Besonderes. Wenn aber ...“

Er versank in Sinnen und pfiff zerstreut eine französische Arie.

Ungeachtet all unserer Vorsicht verbreitete sich in der Festung die Nachricht von dem Auftauchen Pugatschows. Wenn auch Iwan Kusmitsch seine Gemahlin sehr verehrte, so hätte er ihr doch für nichts in der Welt ein Geheimnis enthüllt, das ihm dienstlich anvertraut war. Nachdem er den Brief vom General erhalten hatte, entfernte er auf ziemlich schlaue Weise Wassilissa Jegorowna aus dem Hause, indem er ihr sagte, Vater Gerasim hätte aus Orenburg wunderliche Nachrichten erhalten, die er streng geheimhalte. Wassilissa Jegorowna beschloß darauf sofort die Popenfrau zu besuchen und nahm auf den Rat Iwan Kusmitschs Mascha mit, damit es ihr allein nicht langweilig würde.

Nachdem so Iwan Kusmitsch alleiniger Herr des Hauses geworden war, schickte er sofort nach uns, Palaschka aber sperrte er in die Kammer, damit sie nicht horchen könne.

Wassilissa Jegorowna kam nach Hause, ohne aus der Popenfrau etwas herausgebracht zu haben, und erfuhr, daß in ihrer Abwesenheit bei Iwan Kusmitsch eine Beratung stattgefunden und daß Palaschka hinter Schloß und Riegel gesessen hatte. Sie erriet, daß sie von ihrem Mann hintergangen worden war und unterwarf ihn einem Verhör. Doch Iwan Kusmitsch hatte sich auf den Überfall vorbereitet. Er wurde durchaus nicht verlegen und antwortete seiner neugierigen Lebensgefährtin kühn:

„Ja hör', Mütterchen, unseren Weibern ist's eingefallen, die Öfen mit Stroh zu heizen; da aber ein Unglück daraus entstehen kann, so habe ich den strengen Befehl erteilt, die Weiber dürften von nun ab nicht mehr mit Stroh heizen, sondern mit Reisig oder mit Lagerholz."

„Warum aber hast du dann Palaschka eingesperrt?" fragte die Kommandantin, „warum mußte das arme Mädchen bis zu unserer Rückkehr in der Kammer sitzen?"

Iwan Kusmitsch war auf diese Frage nicht vorbereitet; er geriet in Verwirrung und stammelte etwas Sinnloses. Wassilissa Jegorowna durchschaute die List ihres Mannes, wußte aber, daß sie von ihm nichts erfahren würde, stellte deshalb die Fragen ein und lenkte das Gespräch auf die gesalzenen Gurken, welche Akulina Pamphilowna auf eine sehr eigenartige Weise zuzubereiten verstand.

Wassilissa Jegorowna schlief die ganze Nacht nicht ein und konnte auf keine Weise erraten, was in dem Kopfe ihres Mannes vor sich ging, das sie nicht erfahren durfte.

Am andern Tage, als sie aus der Kirche kam, sah sie Iwan Ignatjitsch, der aus der Kanone die Tuchlappen, kleine Steine, Holzspähne, Kinderspielzeug und Schutt aller Art hervorzog, womit die Kinder sie vollgestopft hatten.

„Was wohl die kriegerischen Vorbereitungen zu bedeuten haben?" dachte die Kommandantin, „erwartet man am Ende einen Angriff der Kirgisen? Aber solche Kleinigkeiten würde mein Iwan Kusmitsch doch nicht verheimlichen?" Mit dem festen Entschlusse, ihm das Geheimnis zu entlocken, das ihre weibliche Neugierde reizte, rief sie Iwan Ignatjitsch herbei.

Wassilissa Jegorowna machte ihm einige Bemerkungen über ihren Haushalt, wie ein Richter, der die Untersuchung mit nebensächlichen Fragen beginnt, um die Vorsicht des Antwortenden einzuschläfern, und sagte kopfschüttelnd:

„Herrgott! Himmlischer Vater! was jetzt alles geschieht! Wie wird das nur enden?"

„Ach was, Mütterchen!" antwortete Iwan Ignatjitsch, „Gott ist gnädig, Soldaten haben wir genug, Pulver ist viel da, die Kanone habe ich gereinigt. Wir werden diesen Pugatschow schon zurückschlagen. Wenn uns Gott nicht verläßt, frißt uns das Schwein nicht auf!"

„Was ist das für ein Mensch, dieser Pugatschow?“ fragte die Kommandantin.

Hier merkte Iwan Ignatjitsch, daß er sich versprochen hatte und biß sich auf die Zunge. Aber es war schon zu spät. Wassilissa Jegorowna zwang ihn, alles zu gestehen, nachdem sie ihm ihr Wort gegeben hatte, niemandem etwas davon zu erzählen.

Wassilissa Jegorowna hielt ihr Versprechen und sagte niemandem ein Wort darüber als nur der Popenfrau, und auch nur deshalb, weil deren Kuh noch immer auf der Steppe graste und leicht von den Bösewichtern gepackt werden konnte.

Bald sprach alles von Pugatschow; die Meinungen gingen auseinander. Der Kommandant schickte den Urjädnik mit dem Auftrag aus, die nächstliegenden Ansiedelungen und Festungen gut auszukundschaften. Der Urjädnik kehrte nach zwei Tagen zurück und meldete, daß er in der Entfernung von etwa sechzig Werst von der Festung eine Menge Feuer in der Steppe gesehen und daß er von den Baschkiren gehört hätte, eine große unbekannte Macht ziehe heran. Im übrigen konnte er nichts Positives mitteilen, da er sich gefürchtet hatte, weiterzureiten.

Unter den Kosaken in der Festung machte sich eine ungewöhnliche Bewegung bemerkbar: auf allen Straßen standen sie in Haufen zusammen, unterhielten sich leise und gingen auseinander, wenn sie einen Dragoner oder einen Garnisonssoldaten sahen. Man ließ sie durch Späher beobachten. Ein getaufter Kalmücke, Julai, brachte dem Kommandanten eine wichtige Nachricht. Die Meldung des Urjädniks war nach den Worten Julais lügenhaft; nach seiner Rückkehr hatte der listige Kosak seinen Kameraden mitgeteilt, daß er bei den Aufrührern gewesen sei, sich ihrem Anführer vorgestellt habe, der ihn zum Handkusse zugelassen und lange mit ihm gesprochen hätte. Unverzüglich ließ der Kommandant den Urjädnik verhaften und ersetzte dessen Platz durch Julai. Die Kosaken nahmen diese Neuigkeit mit offenbarer Unzufriedenheit auf. Sie murrten laut, und Iwan Ignatjitsch, der den Befehl des Kommandanten ausführte, mußte mit eigenen Ohren hören, wie sie sagten: „Das wird dir schlecht bekommen, Garnisonsratte!“ Der Kommandant wollte den Arrestanten am selben Tage verhören, doch der Urjädnik war entflohen, wahrscheinlich mit Hilfe Gleichgesinnter.

Ein neues Ereignis erhöhte die Unruhe des Kommandanten. Man fing einen Baschkiren mit aufrührerischen Papieren. Aus diesem Grunde gedachte der

Kommandant, wieder seine Offiziere zu versammeln und wollte zu diesem Zwecke Wassilissa Jegorowna unter einem unverdächtigen Vorwande entfernen. Doch als schlichter und wahrheitsliebender Mensch fand Iwan Kusmitsch keine andere Ausrede als die schon einmal gebrauchte.

„Hör' mal, Wassilissa Jegorowna," sagte er zu ihr und hüstelte, „Vater Gerasim erhielt aus der Stadt, wie man sagt ..."

„Hör' auf mit dem Unsinn, Iwan Kusmitsch," unterbrach ihn die Kommandantin, „du willst natürlich eine Versammlung einberufen und ohne mich über Jemeljan Pugatschow beratschlagen; diesmal führst du mich aber nicht an."

Iwan Kusmitsch sah sie mit erstaunten Augen an.

„Nun, Mütterchen," sagte er, „wenn du schon sowieso alles weißt, so bleib nur da, wir können auch in deiner Gegenwart beraten."

„So ist's recht, Väterchen!" antwortete sie, „es ist nicht deine Sache, schlau zu sein; schicke nur nach den Offizieren."

Wir versammelten uns wieder. Iwan Kusmitsch las uns in Gegenwart seiner Gemahlin den Aufruf Pugatschows vor, den irgendein halbgebildeter Kosak geschrieben hatte. Der Räuber teilte darin seine Absicht mit, in nächster Zeit unsere Festung zu überfallen, forderte die Kosaken und Soldaten auf, sich seiner Bande anzuschließen und ermahnte den Kommandanten bei Todesstrafe, sich nicht zu widersetzen. Der Aufruf war in groben, aber kräftigen Ausdrücken geschrieben und mußte einen gefährlichen Eindruck auf die Köpfe der einfachen Leute machen.

„Wie gefällt euch der Hallunke?" rief die Kommandantin, „was wird er uns noch vorzuschlagen wagen! Vielleicht ihm entgegenzuziehen und die Fahnen vor seinen Füßen niederzulegen! Weiß dieser Hundesohn denn nicht, daß wir schon vierzig Jahre im Dienste stehen und, Gott sei Dank, alles schon zur Genüge kennen. Sollten sich denn wirklich Kommandanten gefunden haben, die dem Räuber gehorcht haben?"

„Eigentlich wäre es nicht zu glauben," antwortete Iwan Kusmitsch, „aber wie man sagt, hat der Schuft schon mehrere Festungen genommen."

„Dann ist er augenscheinlich wirklich stark", bemerkte Schwabrin.

„Wir können sofort seine Stärke erfahren. Wassilissa Jegorowna, gib mir den Speicherschlüssel. Iwan Ignatjitsch, führe den Baschkiren her und befiehl Julai, die Peitsche zu bringen."

„Warte, Iwan Kusmitsch," sagte die Kommandantin und stand auf, „ich will Mascha irgendwohin fortführen; wenn sie das Schreien hört, wird sie sich ängstigen. Und um aufrichtig zu sein, auch ich bin keine Freundin der Folter. Möge es glücklich ausgehen."

Die Folter war zu jener Zeit noch so sehr mit der Gerichtsbarkeit verwachsen, daß der humane Erlaß, der sie abschaffte, noch lange ohne jede Wirkung blieb. Man meinte, daß das Geständnis des Verbrechers unbedingt notwendig sei, um ihn völlig zu entlarven – ein ebenso unbegründeter, wie einem gesunden juristischen Sinn widersprechender Gedanke. Denn sobald das Leugnen des Angeklagten nicht als Beweis seiner Unschuld gilt, kann sein Bekenntnis noch viel weniger Beweis seiner Schuld sein. Auch noch heute höre ich zuweilen bejahrte Richter sich über die Aufhebung dieser barbarischen Sitte beklagen. In unserer Zeit jedoch zweifelte niemand an der Notwendigkeit der Folter, weder die Richter noch die Angeklagten. Deshalb war keiner von uns über den Befehl des Kommandanten verwundert oder erregt. Iwan Ignatjitsch ging den Baschkiren holen, der im Speicher der Kommandantin eingeschlossen war; nach einigen Minuten wurde der Gefangene ins Vorzimmer gebracht. Der Kommandant befahl, ihn vorzuführen.

Nur mit Mühe konnte der Baschkire die Schwelle überschreiten (er war in den Block gespannt). Er nahm seine hohe Mütze ab und blieb an der Türe stehen. Ich sah ihn an und fühlte einen Schauer. Nie werd' ich diesen Menschen vergessen. Er mußte schon über siebzig Jahre alt sein. Er hatte weder Nase noch Ohren. Sein Kopf war glatt geschoren, an Stelle des Bartes hingen einige graue Haare; er war von kleinem Wuchs, mager und gekrümmt, aber seine schmalen Augen brannten feurig.

„Ei ei!" sagte der Kommandant, der in ihm an diesen fürchterlichen Merkmalen einen jener Aufrührer erkannte, die im Jahre 1741 bestraft worden waren, „also du bist schon einmal in unsern Fallen gewesen, alter Wolf. Du rebellierst wohl nicht zum ersten Male, sonst wäre dein Kopf nicht so glatt geschoren. Tritt näher; sag', wer hat dich hergeschickt?"

Der alte Baschkire schwieg und sah den Kommandanten mit dem Ausdruck völliger Gedankenlosigkeit an.

„Was schweigst du denn," setzte Iwan Kusmitsch fort, „du verstehst wohl kein Russisch? Julai, frag' ihn mal in eurer Sprache, wer ihn in unsere Festung geschickt hat?"

Julai wiederholte auf tatarisch die Worte Iwan Kusmitschs. Aber der Baschkire sah ihn mit demselben Ausdruck an und schwieg.

„Schon gut," sagte der Kommandant, „du wirst schon sprechen. Kinder! zieht ihm diesen dummen gestreiften Kittel aus und schreibt ihm was auf den Rücken. Sieh zu, Julai, nimm ihn ordentlich vor!"

Zwei Invaliden zogen den Baschkiren aus. Das Gesicht des Unglücklichen drückte Unruhe aus. Und wie ein von Kindern gefangenes Tierchen sah er sich nach allen Seiten um. Als aber einer der Invaliden seine Hände ergriff, diese sich um den Nacken legte und den Alten auf seine Schultern hob; als Julai die Peitsche nahm und sie schwang, da stöhnte der Baschkire mit schwacher flehender Stimme, schüttelte den Kopf und öffnete den Mund, in welchem sich an Stelle der Zunge ein kurzer Stummel bewegte.

Wenn ich bedenke, daß dieses zu meiner Zeit geschah und daß ich jetzt unter der milden Regierung des Kaisers Alexander lebe, muß ich über die raschen Fortschritte der Bildung und über die Verbreitung der Gesetze der Menschenliebe staunen. Junger Mann! wenn dir meine Memoiren in die Hände fallen sollten, o so bedenke, daß die besten und sichersten Veränderungen diejenigen sind, die der Veredelung der Sitten und nicht gewaltsamen Erschütterungen ihre Entstehung verdanken.

Alle waren erstaunt.

„Nun," sagte der Kommandant, „ich sehe, daß wir von ihm nichts Gescheites erfahren werden. Julai, führe den Baschkiren in den Speicher zurück. Wir aber, meine Herren, wollen noch einiges beraten."

Wir sprachen über unsere Lage, als plötzlich Wassilissa Jegorowna atemlos und aufgeregt das Zimmer betrat.

„Was ist dir geschehen", fragte der verwunderte Kommandant.

„Väterchen, ein Unglück!" antwortete Wassilissa Jegorowna, „die Festung Nischneje Osero ist heute morgen genommen worden. Ein Arbeiter Vater Gerasims kehrte eben von dort zurück. Er sah, wie man sie einnahm. Der Kommandant und alle Offiziere wurden gehenkt. Alle Soldaten sind gefangengenommen. Gib acht, die Schufte kommen hierher!"

Diese unerwartete Nachricht machte einen tiefen Eindruck auf mich. Der Kommandant der Festung Nischneje Osero war ein stiller, bescheidener junger Mensch, den ich persönlich kannte; vor zwei Monaten kam er aus Orenburg mit seiner jungen Frau vorbei und kehrte bei Iwan Kusmitsch ein. Nischneje Osero war etwa fünfundzwanzig Werst von unserer Festung entfernt. Von Stunde zu Stunde mußten wir den Angriff Pugatschows erwarten. Das Los, das Marja Iwanowna erwartete, trat lebhaft vor meine Seele, daß mein Herz fast stillstand.

„Hören Sie, Iwan Kusmitsch!“ sagte ich zum Kommandanten, „es ist unsere Pflicht, die Festung bis zum letzten Atemzuge zu verteidigen, darüber ist nichts mehr zu sagen. Doch wir sollten daran denken, die Frauen außer Gefahr zu bringen. Wenn der Weg noch frei ist, so schicken Sie sie nach Orenburg oder in eine entferntere sichere Festung, wohin die Bösewichter nie gelangen werden.“

Iwan Kusmitsch wandte sich an seine Frau und sagte ihr:

„Höre, Mütterchen, sollte man euch nicht tatsächlich fortschicken, bis wir mit den Rebellen fertig geworden sind?“

„Unsinn,“ sagte die Kommandantin, „wo gibt es denn eine Festung, wohin keine Kugel fliegen könnte? Und wieso ist Bjelogorsk nicht sicher? Wir leben nun, Gott sei Dank, das zweiundzwanzigste Jahr hier. Sahen Baschkiren und Kirgisen: auch Pugatschow wird uns nichts anhaben können.“

„Ja natürlich,“ bemerkte Iwan Kusmitsch, „bleibe nur, wenn du solches Vertrauen zu unserer Festung hast. Aber was fangen wir mit Mascha an? Gut, wenn wir aushalten oder Sukkurs erwarten können; wie aber dann, wenn die Schufte unsere Festung einnehmen?“

„Nun, dann ...“

Wassilissa Jegorowna stockte und verstummte erregt.

„Nein, Wassilissa Jegorowna,“ setzte der Kommandant fort, als er bemerkte, daß seine Worte vielleicht zum erstenmal in seinem Leben gewirkt hatten, „es ist nicht gut, daß Mascha hier bleibt. Schicken wir sie nach Orenburg zu ihrer Taufpatin, dort sind genug Truppen und Kanonen und die Mauern sind von Stein. Und auch dir würde ich raten, dich mit ihr dorthin zu begeben; wenn du auch eine alte Frau bist, aber bedenke, was mit dir geschieht, wenn die Festung gestürmt wird.“

„Gut,“ sagte die Kommandantin, „sei's, schicken wir Marie hin. Mir aber wird es nicht im Traume einfallen, fortzugehen; ich brauche dich im Alter nicht zu verlassen, um ein einsames Grab im fremden Land zu suchen. Zusammen gelebt, zusammen gestorben."

„Wie du willst", sagte der Kommandant. „Aber zaudern wir nicht. Mach' Mascha reisefertig. Morgen in aller Frühe wollen wir sie unter Bedeckung wegschicken, wenn wir auch selbst keine überflüssigen Leute haben. Wo ist denn Mascha?"

„Bei Akulina Pamphilowna", antwortete die Kommandantin; „als sie von der Einnahme der Festung Nischneje Osero hörte, wurde ihr übel; ich fürchte, sie ist in Ohnmacht gefallen. Herr Gott! was müssen wir erleben."

Wassilissa Jegorowna ging fort, um alles für die Abreise der Tochter zu ordnen. Das Gespräch beim Kommandanten wurde fortgesetzt, doch mischte ich mich nicht hinein und hörte nicht zu. Marja Iwanowna erschien zum Abendessen bleich und verweint. Wir aßen schweigend und standen früher als gewöhnlich auf; nachdem wir uns von der ganzen Familie verabschiedet hatten, gingen wir nach Hause. Ich kehrte jedoch noch einmal zurück, um meinen Degen zu holen, den ich absichtlich vergessen hatte. Ich ahnte, daß ich Marja Iwanowna allein antreffen würde. Tatsächlich trat sie mir in der Türe entgegen und überreichte mir den Degen.

„Leben Sie wohl, Peter Andrejewitsch!" sagte sie unter Tränen. „Ich werde nach Orenburg geschickt. Bleiben Sie am Leben und seien Sie glücklich; vielleicht, wenn Gott will, sehen wir einander wieder – wenn aber nicht ..."

Sie brach in Tränen aus. Ich umarmte sie.

„Lebe wohl, mein Engel," sagte ich, „lebe wohl, Geliebte, Ersehnte! Und was auch mit mir geschehen möge, – glaube, daß mein letzter Gedanke, mein letztes Gebet nur dir gehören werden!" Mascha schluchzte an meiner Brust. Ich küßte sie feurig und verließ eiligst das Zimmer.

Siebentes Kapitel

Der Angriff

In dieser Nacht schlief ich nicht und zog mich auch nicht aus. Ich beabsichtigte bei Tagesanbruch am Festungstor zu sein, welches Marja Iwanowna passieren mußte, ich wollte dort zum letztenmal Abschied nehmen. Es war in mir eine große Wandlung vorgegangen: die Erregung meiner Seele war viel weniger schwer, als jene Traurigkeit, in der ich noch kürzlich versunken war. Mit der Wehmut des Abschiedes verschmolzen in mir unklare, aber süße Hoffnungen, ein ungeduldiges Erwarten der Gefahr und das Gefühl edlen Ehrgeizes. Die Nacht verging unmerklich. Ich wollte bereits mein Haus verlassen, als meine Türe aufging und der Korporal mit der Nachricht zu mir eintrat, daß unsere Kosaken nachts die Festung verlassen, Julai gewaltsam mitgenommen hätten und daß rings um die Festung unbekannte Leute ritten. Mich entsetzte der Gedanke, daß Marja Iwanowna nicht mehr abreisen könnte; hastig gab ich dem Korporal einige Anweisungen und stürzte flugs zum Kommandanten.

Es dämmerte schon. Ich flog über die Straße, plötzlich aber hörte ich, wie mich jemand anrief. Ich blieb stehen.

„Wohin eilen Sie?“ fragte Iwan Ignatjitsch, nachdem er mich eingeholt hatte, „Iwan Kusmitsch ist auf den Wällen und hat mich nach Ihnen geschickt. Pugatschow ist da.“

„Ist Marja Iwanowna nicht abgereist?“ fragte ich zitternden Herzens.

„Sie ist nicht dazu gekommen,“ entgegnete Iwan Ignatjitsch, „die Orenburger Straße ist abgeschnitten, die Festung ist umzingelt. Schlimm, schlimm, Peter Andrejewitsch!“

Bald waren wir am Wall – einer Erhöhung, welche die Natur geformt hatte und die nur durch einen Palisadenzaun befestigt war. Dort drängten sich bereits alle Bewohner der Festung. Die Garnison stand unter Gewehr. Die Kanone hatte man am Tage vorher hingebracht. Der Kommandant schritt vor seiner nur kleinen Truppe auf und ab. Die nahe Gefahr beseelte den alten Krieger mit großem Mute. Nicht weit von der Festung ritten etwa zwanzig Reiter in der Steppe auf und ab. Es schienen Kosaken zu sein; doch befanden sich auch Baschkiren unter ihnen, die man leicht an ihren Luchsmützen und Köchern erkennen konnte. Der Kommandant passierte die Front seines Heeres und sprach zu den Soldaten: „Nun Kinder, heute müssen wir für unsere Mutter, die Kaiserin einstehen und der ganzen Welt beweisen, daß wir tapfere und treue Leute sind!“ Die Soldaten stimmten laut zu. Schwabrin, der neben mir stand, beobachtete angestrengt den Feind. Die in der Steppe reitenden Leute bemerkten die Bewegung in der Festung, sammelten sich und begannen sich zu beratschlagen. Der Kommandant befahl Iwan Ignatjitsch, die Kanone aufzurichten und legte selber die Lunte an.

Surrend flog die Kugel über sie hinweg, ohne den geringsten Schaden anzurichten. Die Reiter zerstreuten sich, jagten fort, und die Steppe war leer.

Da erschienen Wassilissa Jegorowna und Mascha, die nicht zurückbleiben wollten, auf dem Wall.

„Nun, wie?“ sagte die Kommandantin, „wie steht's mit der Bataille und wo ist der Feind?“

„Der Feind ist nicht fern,“ entgegnete Iwan Kusmitsch, „mit Gottes Willen wird alles gut werden. Nun, Mascha, fürchtest du dich?“

„Nein, Vater,“ entgegnete Marja Iwanowna, „zu Hause, allein, fürchte ich mich mehr.“

Dabei sah sie mich an und versuchte zu lächeln. Unwillkürlich packte ich den Griff meines Degens, denn ich erinnerte mich, daß ich ihn am Abend vorher aus ihren Händen erhalten hatte, wie um sie zu schützen. Mein Herz brannte. Ich sah mich als ihren Ritter. Ich sehnte mich, zu beweisen, daß ich ihres Zutrauens würdig sei und mit Ungeduld erwartete ich den entscheidenden Moment.

In diesem Augenblick zeigten sich hinter der Erhöhung, die sich etwa eine halbe Werst von der Festung befand, neue Reiterhaufen und bald war die ganze Steppe von einer Menschenmenge übersät, die mit Lanzen, Pfeil und Bogen bewehrt waren; unter ihnen ritt auf einem weißen Pferde ein Mann in einem roten Kaftan, mit gezücktem Säbel in der Faust: das war Pugatschow selbst. Er hielt, man umringte ihn und offenbar seine Befehle ausführend, trennten sich vier Menschen von jener Menge und ritten in Karriere dicht an unsere Festung. Wir erkannten in ihnen unsere Verräter. Einer von ihnen schwang über seiner Mütze ein Blatt Papier, des anderen Lanzenspitze trug den Kopf Julais, den er über den Palisadenzaun uns zuwarf. Der Kopf des armen Kalmücken fiel zu den Füßen des Kommandanten nieder. Die Verräter schrien:

„Schießt nicht; kommt zum Kaiser! Der Kaiser ist hier!“

„Ich werde euch!“ schrie Iwan Kusmitsch: „Feuer!“

Unsere Soldaten gaben eine Salve ab. Der Kosak, der den Brief geschwungen hatte, schwankte und stürzte vom Pferde, die anderen sprengten zurück. Ich sah Marja Iwanowna an. Bestürzt über den Anblick des blutbespritzten Kopfes Julais und betäubt von der Salve schien sie fast von Sinnen zu sein. Der Kommandant rief den Korporal heran und befahl ihm, jenes Blatt aus den Händen des toten Kosaken zu holen. Der Korporal schritt ins Feld und kam zurück, das Pferd des

Toten am Zügel führend. Er übergab dem Kommandanten den Brief. Iwan Kusmitsch las ihn leise durch und zerriß ihn in Stücke. Unterdessen bereiteten sich die Aufrührer sichtlich zum Angriff vor. Bald pfiffen die Kugeln um unsere Ohren und einige Pfeile bohrten sich neben uns in die Erde und den Zaun.

„Wassilissa Jegorowna!“ sagte der Kommandant, „hier ist kein Platz für Weiber, führe Mascha fort; sieh nur, das Mädchen ist mehr tot als lebendig.“

Wassilissa Jegorowna, welche der Kugelregen still machte, sah in die Steppe, wo eine gewaltige Bewegung bemerkbar wurde; dann wandte sie sich zu ihrem Manne und sagte ihm:

„Iwan Kusmitsch, Gott herrscht über Leben und Tod, segne Mascha. Mascha, komm zum Vater!“

Die bleiche, zitternde Mascha näherte sich Iwan Kusmitsch, sie kniete nieder und neigte sich vor ihm bis zur Erde. Der alte Kommandant machte dreimal das Zeichen des Kreuzes über sie, dann hob er sie auf, küßte sie und sprach mit veränderter Stimme:

„Nun, Mascha, werde glücklich. Bete zu Gott, er wird dich nicht im Stiche lassen. Und wenn sich ein guter Mensch findet, gebe Gott euch Liebe und Rat. Lebt wie ich mit Wassilissa Jegorowna gelebt habe. Nun, Mascha, leb' wohl! Wassilissa Jegorowna, führe sie schnell fort.“

Schluchzend warf sich ihm Mascha um den Hals.

„Nehmen auch wir Abschied“, sagte die Kommandantin weinend. „Leb wohl, mein Iwan Kusmitsch. Und wenn ich dich irgendwie gekränkt habe, so verzeih mir!“

„Leb' wohl, leb' wohl, Mütterchen“, sagte der Kommandant und umarmte die Alte. „Nun genug! Schnell, schnell nach Hause und ziehe Mascha einen Sarafan an, wenn es geht.“

Die Kommandantin und ihre Tochter entfernten sich. Ich sah Marja Iwanowna nach; sie schaute sich um und nickte mir mit dem Kopfe zu. Dann aber wandte sich Iwan Kusmitsch zu uns und seine ganze Aufmerksamkeit richtete sich auf den Feind. Die Aufrührer versammelten sich um ihren Anführer und sprangen plötzlich von ihren Pferden.

„Jetzt haltet euch,“ sagte der Kommandant, „sie stürmen ...“ In diesem Augenblick erhob sich ein fürchterliches Pfeifen und Schreien; die Aufrührer gingen im Laufschritt auf die Festung los. Unsere Kanone war mit einer Kartätsche geladen. Der Kommandant ließ sie auf eine sehr große Nähe heran und feuerte plötzlich. Die Kartätsche traf mitten in die Menge. Die Aufrührer stoben auseinander und wichen zurück. Ihr Anführer blieb allein vorn an ... Seinen Säbel schwingend sprach er hitzig auf sie ein ... Das auf einen Augenblick verstummte Heulen und Schreien hob wieder an.

„Nun, Kinder," sagte der Kommandant, „öffnet das Tor und schlagt die Trommel. Kinder, auf zum Ausfall! Mir nach!"

Der Kommandant Iwan Ignatjitsch und ich waren im Nu außerhalb des Festungswalles, aber die verzagte Garnison rührte sich nicht.

„Was steht ihr denn, Kinder?" schrie Iwan Kusmitsch, „wenn sterben, dann sterben, das ist eure Pflicht."

In dieser Minute kamen die Aufrührer heran und brachen in die Festung ein. Der Trommelschlag verstummte, die Garnison warf ihre Gewehre fort, ich wurde niedergeworfen, erhob mich aber wieder und kam zusammen mit den Aufrührern in die Festung. Der am Kopf verwundete Kommandant stand in einem Haufen der Schurken, die ihm die Schlüssel abverlangten. Ich eilte ihm zu Hilfe; doch mehrere starke Kosaken ergriffen mich, fesselten mich und meinten dabei: „Nun werdet ihr's bekommen, die ihr dem Zaren den Gehorsam verweigert habt!" Man zog uns durch die Straßen, die Einwohner kamen mit Brot und Salz aus ihren Häusern. Die Glocken läuteten. Plötzlich schrie man in der Menge, daß der Zar auf dem Marktplatz die Gefangenen erwarte, um den Schwur entgegenzunehmen. Die Menge strömte zum Platz; auch uns trieb man dorthin.

Auf der Treppe zum Kommandantenhause saß Pugatschow in einem Sessel. Er trug einen roten, mit Tressen verzierten Kosakenkaftan. Die hohe Zobelmütze mit den goldenen Quasten war bis über die flammenden Augen gerückt. Sein Gesicht kam mir eigentümlich bekannt vor. Die ältesten der Kosaken umringten ihn. An der Treppe stand zitternd und bleich der Priester Gerasim, er hielt ein Kreuz und schien ihn schweigend um Gnade für die bevorstehenden Opfer zu bitten. Auf dem Marktplatz wurde in aller Eile ein Galgen errichtet. Als wir uns näherten, trieben die Baschkiren das Volk auseinander und man stellte uns vor Pugatschow auf. Die Glocken verstummten, tiefe Stille trat ein.

„Wer ist der Kommandant?" fragte der Usurpator.

Unser Urjädnik trat vor und wies auf Iwan Kusmitsch. Drohend sah Pugatschow den Greis an und sagte:

„Wie konntest du es wagen, dich mir, deinem Kaiser, zu widersetzen?“

Halb ohnmächtig von seiner Wunde sammelte der Kommandant seine letzten Kräfte und antwortete mit fester Stimme:

„Du bist nicht mein Kaiser, du bist ein Dieb und Usurpator, merk dir's.“

Pugatschows Gesicht verfinsterte sich, er schwenkte ein weißes Tuch. Einige Kosaken ergriffen den alten Hauptmann und zogen ihn zum Galgen. Der verstümmelte Baschkire, den wir am Abend vorher verhört hatten, war oben auf dem Querholze beschäftigt. Er hielt einen Strick in der Hand, und schon nach einer Minute sah ich, wie man den armen Iwan Kusmitsch in die Höhe zog. Dann führte man Pugatschow Iwan Ignatjitsch vor.

„Schwöre“, sagte ihm Pugatschow, „dem Kaiser Peter Fjodorowitsch!“

„Du bist nicht unser Kaiser,“ entgegnete Iwan Ignatjitsch, die Worte seines Hauptmanns wiederholend, „du, Onkelchen, bist ein Dieb und Usurpator.“

Pugatschow schwenkte abermals sein Tuch und schon hing der gute Leutnant neben seinem alten Vorgesetzten.

Die Reihe war an mir. Kühn blickte ich Pugatschow an und war bereit, die Antwort meiner mutigen Kameraden zu wiederholen. Da erblickte ich zu meinem unbeschreiblichen Erstaunen inmitten der Aufrührer Schwabrin, dessen Haar rund geschoren war und der einen Kosakenkaftan trug. Er näherte sich Pugatschow und flüsterte ihm einige Worte ins Ohr.

„Hängen“, sagte Pugatschow und sah mich nicht einmal an.

Man warf mir eine Schlinge um den Hals. Leise betete ich, bereute vor Gott aufrichtig alle meine Sünden und flehte ihn um Rettung derjenigen an, die meinem Herzen nahestanden. Ich wurde unter den Galgen gezerrt.

„Keine Angst, keine Angst“, meinten meine Henker und wollten mich vielleicht tatsächlich ermutigen.

Plötzlich hörte ich einen Schrei: „Haltet ein, Verwünschte! So wartet doch! ...“ Die Henker hielten ein. Ich sehe: Saweljitsch liegt vor Pugatschow auf den Knien.

„Angestammter Vater,“ sprach mein armer Erzieher, „was liegt dir am Tode des armen Kindes? Laß ihn frei, man wird dir ein Lösegeld geben; wenn du einen hängen willst, um ein Exempel zu statuieren, so laß mich Alten hängen.“

Pugatschow gab ein Zeichen, und ich wurde sofort losgebunden und freigelassen.

„Unser Väterchen begnadigt dich“, sprach man zu mir.

Daß ich mich in dieser Minute meiner Befreiung freute, kann ich nicht sagen, allerdings auch nicht, daß ich sie bedauerte. Meine Gefühle waren zu verwirrt. Wiederum führte man mich vor den Usurpator und ich mußte vor ihm niederknien. Pugatschows muskulöse Hand streckte sich mir entgegen.

„Hand küssen, Hand küssen!“ rief man mir von allen Seiten zu.

Doch ich hätte die schlimmste Marter dieser gemeinen Erniedrigung vorgezogen.

„Väterchen Peter Andrejewitsch!“ flüsterte mir Saweljitsch zu, der hinter meinem Rücken stand und mich stieß, „sei nicht hartnäckig, was schadet es dir? Spuck aus, aber küß diesem verd ... (Pfui Teufel!), küß ihm die Hand.“

Ich bewegte mich nicht. Pugatschow ließ seine Hand sinken und sagte spöttisch:

„Euer Wohlgeboren sind also vor Freude närrisch geworden. Man hebe ihn auf!“

Man hob mich auf und ließ mich in Freiheit. Ich sah der Fortsetzung dieser grauenhaften Komödie zu.

Die Einwohner mußten schwören. Einer nach dem andern trat heran, küßte das Kreuz und warf sich vor dem Usurpator nieder. Die Soldaten der Garnison standen auch dort. Der mit seiner stumpfen Schere ausgerüstete Bataillonsschneider schnitt ihnen die Zöpfe ab. Sich schüttelnd traten sie dann auch an Pugatschow heran, und dieser teilte ihnen seine Verzeihung mit und nahm sie in seine Bande auf. All das dauerte ungefähr drei Stunden. Endlich stand Pugatschow von seinem Sessel auf und geleitet von den Ältesten schritt er die Treppe hinab. Man führte ihm sein weißes, reichgeschmücktes Roß vor. Zwei Kosaken ergriffen ihn unter den Armen und hoben ihn in den Sattel. Dem Priester Gerasim teilte er mit, daß er bei ihm zu Mittag speisen würde. In diesem Augenblick ertönte der schrille Schrei einer Frau. Einige Räuber zerrten

Wassilissa Jegorowna auf den Flur hinaus, sie war zerzaust und ganz nackt. Einer von ihnen hatte bereits Zeit gefunden, sich mit ihrem Überwurf zu schmücken. Die übrigen trugen Pfühle, Kisten, Teegeschirr, Wäsche und alles mögliche Gerümpel.

„Meine Väterchen!“ schrie die arme Alte, „habt Mitleid, führt mich zu Iwan Kusmitsch.“ Plötzlich erblickte sie den Galgen und erkannte ihren Mann.

„Hunde!“ schrie sie außer sich, „was habt ihr ihm getan? Ach du mein Licht, Iwan Kusmitsch, du mutiger Soldat! Nicht haben dich die Preußenbajonette getroffen und nicht die Türkenkugeln; in keinem ehrlichen Kampfe hast du dein Leben lassen müssen, mußtest durch einen flüchtigen Sträfling zugrunde gehen!“

„Fort mit der alten Hexe!“ sagte Pugatschow.

Ein junger Kosak schlug sie mit dem Säbel über den Kopf, und sie fiel tot auf die Stufen der Treppe nieder. Pugatschow ritt fort, das Volk strömte ihm nach.

Achtes Kapitel

Der ungebetene Gast

Ein ungebetener Gast ist
schlimmer als der Tatar.

Sprichwort

Der Platz leerte sich. Ich stand noch immer auf demselben Fleck und konnte keine Klarheit in meine Gedanken bringen, die von diesen grauenhaften Eindrücken verwirrt waren.

Die Ungewißheit über das Schicksal Marja Iwanownas quälte mich mehr als alles. Wo war sie? Was geschah mit ihr? Fand sie Zeit sich zu verstecken? Ist ihr Versteck sicher? Voll banger Gedanken betrat ich das Kommandantenhaus ... Alles war leer; Tische, Stühle und Kasten waren zerbrochen, das Geschirr zerschlagen und alles durcheinandergeworfen. Ich lief die kleine Treppe hinan, welche in ihr Zimmer führte, und trat zum erstenmal bei ihr ein. Ich sah ihr von den Räubern zerwühltes Bett; ihr Schrank war zerbrochen und geplündert. Das Lämpchen brannte vor dem leeren Heiligenschrein. Auch ein kleiner Spiegel, der an einem Fensterpfeiler hing, war übriggeblieben ... Wo war aber die Herrin dieser stillen jungfräulichen Zelle? Ein entsetzlicher Gedanke durchzuckte mein Hirn: ich stellte sie mir in der Hand der Räuber vor ... mein Herz stand still ... Ich fing bitter zu weinen an und rief laut den Namen meiner Geliebten ... In diesem Moment hörte ich ein leises Geräusch, und hinter dem Schrank kam bleich und zitternd Palaschka hervor.

„Ach Peter Andrejewitsch," sagte sie und schlug die Hände zusammen, „was für ein Tag! Welche Qualen! ..."

„Und Marja Iwanowna?" fragte ich ungeduldig; „was ist mit Marja Iwanowna?"

„Das Fräulein lebt," antwortete Palaschka, „sie hat sich bei Akulina Pamphilowna versteckt."

„Bei der Popenfrau!" schrie ich entsetzt, „mein Gott! dort ist ja Pugatschow!"

Ich rannte aus dem Zimmer, war im Nu auf der Straße und flog blindlings, ohne etwas zu sehen und zu fühlen, zum Hause des Priesters. Dort hörte man schreien, lachen und singen ... Pugatschow tafelte mit seinen Genossen. Palaschka lief mir nach. Ich schickte sie hinein, heimlich Akulina Pamphilowna herauszurufen. Nach einer Minute trat die Popenfrau mit einer leeren Kanne in der Hand zu mir auf den Flur hinaus.

„Um Gottes willen, wo ist Marja Iwanowna?" fragte ich in unbeschreiblicher Erregung.

„Das Täubchen liegt in meinem Bett, dort hinter der Scheidewand", antwortete die Popenfrau. „Nun, Peter Andrejewitsch, fast wäre ein Unglück geschehen, aber, Gott sei Dank, alles ist noch glücklich abgelaufen; der Halunke hatte sich gerade zu Tisch gesetzt, als die Arme aufwachte und zu stöhnen begann! ... Ich war halb von Sinnen. Er hörte es:

Wer stöhnt bei dir, Alte? Ich verbeugte mich vor dem Dieb: Meine Nichte, Herr, sie ist krank geworden und liegt schon die zweite Woche krank. – Ist deine Nichte jung? – Jung, Herr. – So zeige mir deine Nichte, Alte. Mein Herz erbebte, aber da war nichts zu machen. Bitte, Herr; aber das Mädchen kann nicht aufstehen, um vor deine Gnaden zu treten. – Macht nichts, ich werde selber gehen und sehn. Und der Verwünschte ging wirklich hinter die Scheidewand;

was glaubst du? er schlug wirklich den Vorhang zurück, sah sie mit seinen Habichtsaugen an – und weiter nichts ... Gott half! Was glaubst du, mein Alter und ich, wir waren auf den Märtyrertod gefaßt. Zum Glück erkannte mein Täubchen ihn nicht. Herr Gott, welch ein Tag! nicht zu sagen! Armer Iwan Kusmitsch! wer das gedacht hätte! ... Und Wassilissa Jegorowna? Und Iwan Ignatjitsch? Warum denn ihn? Und warum hat man Sie verschont? Aber was sagen Sie zu Alexej Iwanowitsch Schwabrin? Er hat sich das Haar rund abscheren lassen und sitzt jetzt hier und tafelt mit ihnen! Schnell genug, man kann nicht anders sagen! Als ich nun von meiner kranken Nichte erzählte, was meinst du wohl, da sah er mich an, und sein Blick fuhr mir wie ein Messer durch die Seele; aber verraten hat er nichts, auch dafür muß man ihm dankbar sein."

In dieser Minute erhoben sich die betrunknen Schreie der Gäste und die Stimme Vater Gerasims. Die Gäste verlangten Wein, und der Hausherr rief nach seiner Frau. Die Popenfrau wurde sofort geschäftig.

„Gehen Sie jetzt nach Hause, Peter Andrejewitsch, das ist nichts für Sie, die Schufte trinken. Besser, Sie kommen ihnen nicht im Rausch unter die Hände. Leben Sie wohl, Peter Andrejewitsch. Was sein wird, wird sein. Vielleicht wird uns Gott nicht verlassen!"

Die Popenfrau ging. Ein wenig beruhigt kehrte ich wieder in mein Quartier zurück. Als ich über den Marktplatz ging, sah ich einige Baschkiren, die sich um den Galgen drängten und den Gehenkten die Stiefel auszogen; nur mit Mühe bezwang ich meinen Unwillen, denn ich erkannte die Nutzlosigkeit jeglichen Eingreifens. Die Räuber durchzogen die Festung und plünderten die Wohnungen der Offiziere. Überall hörte man Schreie betrunkener Aufrührer. Ich kam nach Hause. Saweljitsch trat mir auf der Schwelle entgegen.

„Gott sei Dank!" schrie er, als er mich sah, „ich glaubte schon, daß dich die Bösewichter wieder gepackt hätten. Aber Väterchen Peter Andrejewitsch! denk dir nur, die Schufte haben uns alles geraubt: Kleider, Wäsche, all deine Sachen, dein Geschirr – nichts haben sie übrig gelassen. Aber das macht nichts! Gott sei Dank, daß sie dich am Leben gelassen haben! Aber sage Herr, hast du den Ataman Anführer.erkannt?"

„Nein, ich habe ihn nicht erkannt, wer ist es denn?"

„Wie, Herr? hast du denn jenen Säufer vergessen, der dir damals den Pelz in der Herberge ablockte? Und der Hasenpelz war noch ganz neu; diese Bestie aber hat ihn zerrissen, als sie ihn anzog!"

Ich war verblüfft. Und tatsächlich, die Ähnlichkeit zwischen Pugatschow und meinem damaligen Führer war überraschend. Es kam mir sofort glaubhaft vor, daß er und Pugatschow ein und dieselbe Person seien. Und jetzt erst begriff ich den Grund meiner Begnadigung. Und ich mußte mich über diese seltsame Verkettung der Umstände wundern: mein Kinderpelz, den ich dem Landstreicher geschenkt hatte, bewahrte mich vor dem Strick, und ein Säufer, der von Schenke zu Schenke taumelte, belagerte Festungen und erschütterte ein Reich!

„Beliebst du nicht zu essen?" fragte Saweljitsch, dessen Gewohnheiten immer die gleichen blieben; „zu Hause haben wir nichts, aber ich kann mal nachsuchen und werde dir etwas zubereiten."

Allein geblieben gab ich mich ganz meinen Betrachtungen hin. Was sollte ich tun? In der Festung bleiben, die nun dem Bösewichte untertan war, oder mich seiner Bande anschließen, war eines Offiziers unwürdig. Die Pflicht erforderte, daß ich mich dorthin begäbe, wo meine Dienste dem Vaterlande in den gegenwärtigen gefährlichen Zuständen noch von Nutzen sein konnten ... Aber die Liebe riet mir, bei Marja Iwanowna zu bleiben und ihr Beschützer und Verteidiger zu sein. Wenn ich auch einen baldigen und zweifellosen Wechsel in der Lage der Dinge voraussah, so mußte ich doch zittern, wenn ich mir die Gefahr, in der sie schwebte, vorstellte.

Meine Betrachtungen wurden von einem Kosaken unterbrochen, der zu mir gelaufen kam mit der Meldung: „Der große Kaiser läßt dich zu sich rufen."

„Wo ist er denn?" fragte ich, bereit zu gehorchen.

„Im Kommandantenhause," antwortete der Kosak; „nach dem Mittagsmahle hat unser Väterchen ein Bad genommen, und jetzt erholt er sich. Nun, Euer Wohlgeboren, man sieht aus allem, daß er eine erlauchte Person ist. Zum Mittagsmahl geruhte er, zwei gebratene Ferkel zu verspeisen, und dann nahm er so ein heißes Dampfbad, daß nicht einmal Taraß Kurotschkin es aushalten konnte und den Schwamm an Tomka Bigbajeff gab und sich lange mit kaltem Wasser übergoß, um zu sich zu kommen ... Nichts zu sagen: das sind alles solche vornehme Sitten ... Und in der Badestube, hört man, habe man die Zeichen des Zaren auf seiner Brust gesehen; auf der einen Seite einen Doppeladler von der Größe eines Fünfkopekenstückes, auf der andern seine eigene Person."

Ich hielt es nicht für notwendig, die Meinung des Kosaken zu bestreiten, und begab mich mit ihm zum Kommandantenhause, wobei ich mir schon vorher meine Begegnung mit Pugatschow ausmalte und zu erraten versuchte, wie sie wohl enden würde. Der Leser kann sich leicht vorstellen, daß ich nicht ganz kaltblütig war.

Es dämmerte schon, als ich mich dem Kommandantenhause näherte. Der Galgen mit seinen Opfern hob sich dunkel vom Himmel ab. Der Körper der armen Kommandantin lag noch immer vor der Treppe, an welcher zwei Kosaken Wache standen. Der Kosak, der mich geholt hatte, ging mich zu melden und kam sofort zurück, um mich in das Zimmer zu führen, wo ich noch gestern abend mich so zärtlich von Marja Iwanowna verabschiedet hatte.

Ein ungewöhnliches Bild zeigte sich mir. An dem Tisch, der vom Tischtuch bedeckt und mit Kannen und Bechern beladen war, saßen Pugatschow und etwa zehn Kosakenälteste in Mützen und geblümten Hemden – sie waren vom Wein erhitzt, ihre Gesichter waren rot, und ihre Augen funkelten. Unter ihnen waren weder Schwabrin noch unser Urjadnik, die neu angeworbenen Verräter.

„Ah, Euer Wohlgeboren!" sagte Pugatschow, als er mich sah. „Ich grüße dich, erweis uns die Ehre und setz dich."

Die Kumpane drängten sich mehr aneinander. Schweigend setzte ich mich ans Tischende. Mein Nachbar, ein junger, schlanker und schöner Kosak, schenkte mir einen Becher mit einfachem Weine ein, den ich jedoch nicht berührte. Neugierig betrachtete ich die Versammlung. Pugatschow saß auf dem Ehrenplatz und hatte sich auf den Tisch gestützt, so daß sein schwarzer Bart auf seiner breiten Faust lag. Die regelmäßigen und ziemlich angenehmen Züge seines Gesichtes sprachen nicht von Grausamkeit. Des öfteren wandte er sich an einen Menschen von etwa fünfzig Jahren, den er bald Graf, bald Timofejitsch, bald Onkelchen nannte. Alle verkehrten wie Kameraden miteinander und bezeugten ihrem Anführer keine besondere Ehrerbietung. Man sprach von dem Angriff am Morgen, vom Erfolg des Aufruhrs und von zukünftigen Taten. Jeder brachte seine Meinung vor und stritt freimütig mit Pugatschow. Und in diesem seltsamen Kriegsrate wurde beschlossen, auf Orenburg loszugehen: eine freche Aktion, die aber trotzdem fast von traurigem Erfolge gekrönt worden wäre. Der Feldzug sollte am nächsten Tage fortgesetzt werden.

„Nun, Brüder," sagte Pugatschow, „laßt uns vor Schlaf und Traum noch mein Lieblingslied anstimmen. Tschumakow, beginne!"

Mein Nachbar stimmte ein schwermütiges Räuberlied an, und im Chor fielen alle ein:

Rausche nicht, Vater, dunkeler Eichenwald,
Hindre im Sinnen nicht mich kühnen Burschen,
Morgen ja soll ich Kühner zum Verhöre gehn,
Vor den grimmigen Richter, vor den Zaren selbst.
Und mein Herr, der Zar, er wird mich fragen:
„Sage mir, Bursche, sage mir, Bauernsohn,
Mit wem stahlst du denn, mit wem raubtest du?
Waren mit dir Kameraden viel?"

„Volle Wahrheit sag ich dir, rechtgläubiger Zar,
Dir, in Treuem, alles, wie's gewesen!
Meiner Kameraden waren vier:
Und mein erster Kamerad war die dunkle Nacht,
Und mein zweiter Kamerad war mein Messer von Stahl,
Wer der dritte war? War mein treues Roß.
Und der vierte Kamerad war mein Bogen gut,
Und als Späher sandt ich scharfe Pfeile aus."

Und sprechen wird unsere Hoffnung, der rechtgläubige Zar:
„Heil dir, kühner Bursche, Bauernsohn,
Warst zu stehlen bereit, warst zur Antwort bereit,
Nun verleihe ich, Bursche, zum Lohne dir
Wohl ein stattlich Gerüst auf dem freien Feld,
Das zwei Pfähle hat, quer ein Balken drauf."

Es ist nicht zu sagen, welchen Eindruck auf mich dieses einfache Lied vom Galgen machte, das hier von Leuten gesungen wurde, denen der Galgen vorbestimmt war. Ihre wilden Gesichter, ihre tönenden Stimmen, der schwermütige Ausdruck, den sie in die Worte, die schon ohnehin ausdrucksvoll genug, legten – all das erfüllte mich mit mystischem Schauder.

Die Gäste leerten noch einen Becher, standen auf und verabschiedeten sich von Pugatschow. Ich wollte ihnen folgen, aber Pugatschow sagte zu mir:

„Bleib sitzen, ich habe mit dir zu reden."

Wir blieben Auge in Auge zurück.

Einige Minuten herrschte zwischen uns Schweigen. Pugatschow sah mich aufmerksam an und blinzelte nur zuweilen mit dem linken Auge, das einen merkwürdigen Ausdruck von List und Spott annahm. Endlich lachte er laut auf, und mit solcher ungekünstelten Heiterkeit, daß ich selbst, als ich ihn ansah, lachen mußte, ohne zu wissen, warum.

„Was, Euer Wohlgeboren?“ sagte er zu mir, „als meine Burschen dir die Schlinge um den Hals warfen, gesteh nur, da hast du Angst gehabt? Ich glaube, der Himmel kam dir wohl nicht größer vor als ein Schaffell ... Und sicher würdest du am Querbalken gehangen haben, wenn nicht dein Diener gewesen wäre. Ich habe den alten Kerl sofort erkannt. Nun, Euer Wohlgeboren, das hast du nicht gedacht, daß der Mensch, der dir den Weg zur Herberge zeigte, der große Kaiser war?“ (Hier nahm er eine wichtige und geheimnisvolle Miene an.) „Du stehst tief in meiner Schuld,“ setzte er fort, „aber ich habe dir für deine gute Tat vergeben, darum, weil du mir deinen Dienst geleistet hast, als ich gezwungen war, mich vor meinen Feinden zu verbergen. Aber noch mehr sollst du sehen! Wie werde ich dich noch belohnen, wenn ich erst wieder den Besitz meines Reiches antrete? Versprichst du mir mit Eifer zu dienen?

Die Frage dieses Betrügers und seine Frechheit kamen mir so komisch vor, daß ich unwillkürlich lächeln mußte.

„Warum lächelst du?“ fragte er finster. „Oder glaubst du nicht, daß ich der große Kaiser bin? Antworte offen!“

Ich wurde verlegen. Den Landstreicher als Kaiser anzuerkennen, war ausgeschlossen; es wäre unverzeihlicher Kleinmut gewesen. Ihn einfach einen Betrüger nennen, hätte mich ins Verderben stürzen können, und das, was ich im ersten Unmute unter dem Galgen angesichts des ganzen Volkes zu tun bereit war, kam mir jetzt wie eine unnütze Prahlerei vor. Ich schwankte. Düster erwartete Pugatschow meine Antwort. Endlich (und noch heute gedenke ich dieser Minute mit Genugtuung) siegte das Pflichtgefühl in mir über alle menschliche Schwäche. Ich antwortete Pugatschow:

„So höre denn, ich will dir die volle Wahrheit sagen. Entscheide selber, ob ich dich als Kaiser anerkennen kann? Du bist ein kluger Mensch und würdest es selbst merken, daß ich heuchelte.“

„Und wer bin ich denn deiner Meinung nach?“

„Weiß Gott, aber wer du auch seist, du spielst ein gewagtes Spiel.“

Pugatschow sah mich rasch an.

„Also glaubst du nicht," sagte er, „daß ich der Zar Peter Fjodorowitsch bin? Nun gut. Aber glaubst du nicht, daß der Kühne Erfolg hat? Und hat nicht auch schon früher einmal Grischka Otrepjeff regiert? Halte von mir, was du willst, aber geh nicht von mir. Was geht dich denn schließlich das andere an? Es ist einer so gut wie der andere. Diene mir treu und aufrichtig, und ich will dich zum Feldmarschall machen und zum Fürsten. Was meinst du dazu?"

„Nein!" entgegnete ich fest. „Ich bin ein Edelmann, ich habe meiner Herrin und Kaiserin den Eid geleistet, ich kann dir nicht dienen. Wenn du mir aber tatsächlich wohl willst, so entlaß mich nach Orenburg."

Pugatschow überlegte.

„Wenn ich dich fortlassen soll," sagte er, „so mußt du mir zum mindesten versprechen, nicht gegen mich zu kämpfen."

„Wie könnte ich dir dies versprechen?" antwortete ich. „Du weißt, daß es nicht bei mir steht; heißt man mich gegen dich kämpfen, so muß ich's tun, daran ist nichts zu ändern. Du bist selber jetzt Befehlshaber, du selbst verlangst von den Deinen Gehorsam. Was würde man von mir denken, wenn ich einen Dienst verweigerte, zu dem vielleicht gerade ich erforderlich bin? Mein Kopf ist in deiner Gewalt: läßt du mich frei, so will ich dir danken, hängst du mich auf, so sei Gott dein Richter; ich aber habe dir die Wahrheit gesagt."

Pugatschow war von meiner Aufrichtigkeit überrascht.

„Sei's denn," sagte er und schlug mir auf die Schultern, „wen man aufhängen will, den hänge man ganz auf, wen man begnadigen will, den begnadige man ganz. Mach dich aus dem Staube und tue, was du willst. Komme morgen dich von mir zu verabschieden, jetzt aber geh schlafen, auch ich bin schläfrig."

Ich verließ Pugatschow und ging auf die Straße. Die Nacht war still und kalt. Mond und Sterne beleuchteten hell den Marktplatz und den Galgen. Die ganze Festung lag ruhig und dunkel da. Nur in der Schenke brannte noch Licht, und von dorther drangen die Schreie später Zecher. Ich blickte auf das Haus des Priesters. Fensterläden und Türen waren geschlossen. Alles schien darin still zu sein.

Ich kam in meine Wohnung und fand dort Saweljitsch, der über meine Abwesenheit besorgt war. Die Nachricht von meiner Freiheit erfreute ihn unsäglich.

„Gott sei Dank!" sagte er und bekreuzigte sich. „In aller Frühe verlassen wir die Festung und ziehen fort, wohin die Augen schauen. Ich hab' dir da einiges zurechtgestellt; iß, Väterchen, und schlafe bis zum Morgen wie in Abrahams Schoß."

Ich folgte seinem Rat, aß mit großem Appetit und schlief dann auf dem nackten Fußboden, körperlich und geistig ermattet, ein.

Neuntes Kapitel

Trennung

Trommelschlag weckte mich am Morgen. Ich ging zum Sammelplatz. Dort ordneten sich Pugatschows Scharen in der Nähe des Galgens, an dem immer noch die gestrigen Opfer hingen. Die Kosaken hatten aufgesessen, die Soldaten standen unter Gewehr. Die Fahnen wehten. Einige Kanonen, unter denen ich auch die unsere erkannte, wurden auf bewegliche Lafetten gebracht. Ringsum standen alle Einwohner und erwarteten den Usurpator. Ein prachtvolles weißes Pferd kirgisischer Rasse wurde vor der Treppe zum Kommandantenhause von einem Kosaken am Zügel gehalten. Mein Blick suchte die Leiche der Kommandantin. Sie war ein wenig zur Seite geschoben und mit einer Bastmatte bedeckt worden. Endlich trat Pugatschow aus dem Hausflur. Das Volk nahm die Mützen ab. Pugatschow blieb auf der Treppe stehen und grüßte alle. Einer der Ältesten übergab ihm Kupfergeld in einem Sacke, und er streute es mit beiden Händen aus. Schreiend stürzte das Volk herbei, um etwas zu erhaschen, und die Sache ging nicht ohne Reibereien ab. Pugatschow stand da, umringt von seinen Anführern. Unter diesen befand sich auch Schwabrin. Unsere Blicke begegneten sich; in meinem konnte er Verachtung lesen, er wandte sich mit einem Ausdruck aufrichtiger Wut und erkünstelten Hohnes ab. Pugatschow sah mich unten in der Menge stehen, nickte mir zu und rief mich heran.

„Höre," sagte er mir, „reise sofort nach Orenburg und melde dem Gouverneur und sämtlichen Generälen von mir, daß sie mich in etwa einer Woche zu erwarten hätten. Rate ihnen, mir mit Unterwürfigkeit und kindlicher Liebe zu begegnen, sonst werden sie einem grausamen Tode nicht entgehen. Glück auf den Weg, Euer Wohlgeboren!"

Hiernach wandte er sich ans Volk und sagte, indem er auf Schwabrin zeigte:

„Dies, Kinder, ist euer neuer Kommandant. Gehorcht ihm in allem, er ist mir für euch und die Festung verantwortlich."

Entsetzt hörte ich diese Worte: Schwabrin der Kommandant der Festung! Marja Iwanowna war in seiner Gewalt! Gott, was wird mit ihr geschehen! Pugatschow stieg die Treppe herunter. Man führte ihm sein Pferd vor. Ohne auf die Kosaken zu warten, welche ihm helfen wollten, schwang er sich gewandt in den Sattel. In diesem Moment sah ich meinen Saweljitsch sich aus der Menge hervordrängen, an Pugatschow herantreten und ihm ein Blatt Papier überreichen. Es war mir unbegreiflich, was er damit bezweckte.

„Was ist das?" fragte Pugatschow ernsthaft.

„Lies! Du wirst es schon sehen!" antwortete Saweljitsch.

Pugatschow nahm das Papier an sich und prüfte es lange mit bedeutsamer Miene.

„Was schreibst du so eigentümlich," meinte er zum Schluß, „unsere hellen Augen können da nichts entziffern. Wo ist mein Obersekretär?"

Ein junger Mann in Korporalsuniform trat eilig auf Pugatschow zu.

„Lies laut!" sagte der Usurpator, ihm das Papier überreichend.

Ich war äußerst gespannt darauf, zu erfahren, was denn mein Erzieher eigentlich Pugatschow zu schreiben hätte. Der Obersekretär las mit lauter Stimme, buchstabierend, folgendes vor:

„Zwei Schlafröcke, der eine aus Baumwolle, der andere ein gestreifter seidener – sechs Rubel."

„Was soll das heißen?" fragte Pugatschow ärgerlich.

„Befiehl nur weiterzulesen."

Und der Obersekretär las weiter:

„Ein Uniformrock aus feinem grünen Tuche – sieben Rubel. Weiße Tuchhosen – fünf Rubel. Zwölf holländische Leinwandhemden mit Manschetten – zehn Rubel. Ein Futteral mit einem Teegeschirr – zweieinhalb Rubel ..."

„Was für ein Blödsinn!" unterbrach Pugatschow, „was geht mich das Teegeschirr und diese Hosen mit Manschetten an!"

Saweljitsch räusperte sich und wollte Erklärungen geben.

„Väterchen, beliebe zu sehen, dies ist das Register der herrschaftlichen Sachen, welche von den Schuften geraubt wurden …“

„Welchen Schuften?“ fragte Pugatschow drohend.

„Verzeih! Ich habe mich versprochen,“ meinte Saweljitsch, „nicht die Schufte, sondern deine Kinder haben bei uns alles durcheinandergeworfen und fortgeschleppt. Sei nicht böse; wenn ein Pferd auch vier Beine hat, so strauchelt es manchmal doch. Befiehl nur weiterzulesen.“

„Lies“ sagte Pugatschow.

Der Sekretär fuhr fort.

„Eine Leinwanddecke und eine taftene Decke aus Baumwolle – vier Rubel. Ein Fuchspelz, gestickt, mit rotem Fries – vierzig Rubel. Außerdem ein Hasenpelz, deiner Gnaden in der Herberge auf der Steppe übergeben – fünfzehn Rubel.“

„Und was noch!“ schrie ihn Pugatschow mit flammenden Augen an.

Ich gestehe, daß ich für meinen armen Erzieher zu fürchten begann. Er wollte sich wieder auf Erklärungen einlassen, allein Pugatschow unterbrach ihn.

„Wie wagst du es, mir mit solchen Kindereien zu kommen!“ schrie er, riß das Papier aus den Händen des Sekretärs und warf es Saweljitsch ins Gesicht. – „Alter Narr! hat man auch geraubt – was ist denn dabei! Du hast ewig zu Gott für mich und meine Kinder zu beten, daß du und dein Herr nicht dort neben jenen Ungehorsamen hängen. Hasenpelz! Ich werde dir zeigen, was ein Hasenpelz ist. Weißt du nicht, daß ich dir deine eigne Haut vom lebenden Leibe abziehen lassen kann, um Pelze daraus zu machen?“

„Wie es dir beliebt,“ antwortete Saweljitsch, „ich bin ein Diener und für das herrschaftliche Gut verantwortlich.“

Pugatschow hatte augenscheinlich einen Anfall von Großmut. Ohne ein Wort zu verlieren, wandte er sich ab und ritt fort. Schwabrin und die Ältesten folgten ihm. In Reih und Glied verließ die Bande die Festung. Das Volk geleitete Pugatschow. Ich blieb mit Saweljitsch allein auf dem Platze zurück. Mein Erzieher hielt noch immer sein Register in den Händen und betrachtete es mit tiefer Bekümmernis.

Er hatte meine guten Beziehungen zu Pugatschow bemerkt und gedachte sie auszubeuten, doch war seine gutgemeinte Absicht fehlgeschlagen. Eigentlich hätte ich ihn für seinen unangebrachten Eifer schelten müssen, ich konnte mich aber des Lachens nicht enthalten.

„Lache nur, Herr“, antwortete Saweljitsch. „Lache nur, wenn es aber alles neu anzuschaffen gilt, werden wir schon sehen, ob das komisch ist.“

Ich eilte zum Hause des Priesters, um Marja Iwanowna zu sehen. Die Popenfrau empfing mich mit einer betrübenden Nachricht. Nachts war bei Marja Iwanowna ein heftiges Fieber ausgebrochen. Sie lag bewußtlos im Fieberwahn. Die Popenfrau führte mich in ihr Zimmer. Ich trat leise an ihr Bett. Die Veränderung in ihrem Gesicht entsetzte mich. Die Kranke erkannte mich nicht. Lange stand ich vor ihr und hörte weder auf Vater Gerasim noch auf seine gute Frau, die mich zu trösten suchten. Düstre Gedanken bewegten mich; die Lage der armen, hilflosen Waise, die inmitten böswilliger Aufrührer zurückblieb, und meine eigene Ohnmacht setzten mich in Schrecken. Schwabrin peinigte ärger als alles meine Einbildungskraft. Da ihm vom Usurpator die Macht übergeben worden war und er allein in der Festung zu befehlen hatte, wo das unglückliche Mädchen, der unschuldige Gegenstand seines Hasses, zurückblieb, konnte er alles beginnen. Was blieb mir zu tun übrig? Wie sollte ich ihr helfen? Wie sie aus den Händen des Schurken befreien? Ein Mittel blieb: ich entschloß mich, noch zur selben Stunde nach Orenburg zu reisen, um die Befreiung der Festung Bjelogorsk zu beschleunigen und mich nach Möglichkeit selber daran zu beteiligen. Ich verabschiedete mich vom Priester und Akulina Pamphilowna und empfahl jene ihrem Schutze, die ich schon als mein Weib ansah. Ich ergriff die Hand des armen Mädchens und küßte sie unter Tränen.

„Leben Sie wohl,“ sagte die Popenfrau, mich hinausgeleitend, „leben Sie wohl, Peter Andrejewitsch, vielleicht sehen wir uns in besseren Tagen wieder. Vergessen Sie uns nicht und schreiben Sie uns öfters. Die arme Marja Iwanowna hat außer Ihnen jetzt keinen Trost und keinen Beschützer mehr.“

Als ich den Marktplatz betrat, blieb ich einen Augenblick stehen, schaute auf den Galgen, verneigte mich vor ihm, verließ die Festung und beschritt den Weg nach Orenburg, von Saweljitsch begleitet, der nicht zurückbleiben wollte.

Ich schritt, mit meinen Gedanken beschäftigt, dahin, als ich plötzlich hinter mir Pferdehufe hörte. Ich schaute mich um und sah: aus der Festung ritt ein Kosak, der ein Baschkirenpferd am Zügel führte, auf mich zu und machte mir von weitem Zeichen. Ich blieb stehen und erkannte bald unsern Urjädnik. Nachdem er uns erreicht hatte, kletterte er von seinem Pferde, überreichte mir die Zügel des andern und sagte:

„Euer Wohlgeboren! unser Vater schenkt Ihnen dies Pferd und einen Pelz von seiner eignen Schulter." (An den Sattel war ein Schafpelz gebunden.) „Ferner", sagte stockend der Urjädnik, „bewilligt er Ihnen ... einen halben Rubel, aber ich habe ihn auf dem Wege verloren, verzeihen Sie gnädigst."

Saweljitsch sah ihn schief an und murrte.

„Auf dem Wege verloren! Was aber klimpert dir dort in der Tasche? Gewissenloser Mensch!"

„Was mir dort in der Tasche klimpert?" entgegnete der Urjädnik, der durchaus nicht verlegen wurde. „Gott verzeih dir, Alter! Dort klirrt ein Reitzaum und kein halber Rubel."

„Schon gut", meinte ich und unterbrach den Streit. „Danke in meinem Namen dem, der dich geschickt hat, und wenn du auf dem Rückweg den verlorenen Halben wiederfinden solltest, so behalte ihn als Trinkgeld."

„Ich danke Ihnen sehr, Euer Wohlgeboren," antwortete er und wandte sein Pferd, „ich werde ewig zu Gott für Sie beten!"

Bei diesen Worten sprengte er von dannen, wobei er die eine Hand in der Tasche hielt und war schon nach einer Minute unseren Blicken entschwunden. Ich zog den Pelz an und stieg zu Pferde, während ich Saweljitsch hinter mir aufsitzen ließ.

„Siehst du nun, Herr," sagte der Alte, „ich habe dem Betrüger nicht umsonst meine Aufstellung überreicht; der Dieb schämte sich. Wenn diese klapperdürre Baschkirenmähre und der Schafpelz auch nicht die Hälfte dessen wert sind, was uns diese Betrüger gestohlen haben und was du ihnen selber zu schenken beliebtest – immerhin, es wird uns nützlich sein; von einem wilden Hunde kann man nicht mehr als einen Büschel Wolle erhalten."

Zehntes Kapitel

Die Belagerung der Stadt

Als wir uns Orenburg näherten, sahen wir eine Schar von Sträflingen mit geschorenen Köpfen und Gesichtern, die von den Zangen der Henker entstellt waren. Sie arbeiteten an den Befestigungen und wurden von Invaliden der Garnison beaufsichtigt. Einige fuhren in Karren den Müll fort, der die Gräben füllte, andere waren damit beschäftigt, die Erde umzuschaufeln; auf den Wällen schleppten Maurer Ziegelsteine und renovierten die Stadtmauer. Am Tore wurden wir von den Wachen angerufen, welche uns unsere Pässe abverlangten. Sobald der Sergeant hörte, daß ich aus der Festung Bjelogorsk käme, führte er mich direkt ins Haus des Generals.

Ich traf ihn im Garten an. Er betrachtete seine Apfelbäume, die der Herbst schon entblättert hatte, und umhüllte sie mit Hilfe eines alten Gärtners behutsam mit warmem Stroh. Sein Gesicht drückte Ruhe, Gesundheit und Gutmütigkeit aus. Er war erfreut, mich zu sehen, und fragte mich über die schrecklichen Ereignisse aus, deren Zeuge ich gewesen war. Ich erzählte ihm alles. Der Alte hörte mir mit Aufmerksamkeit zu und schnitt die dürren Zweige ab.

„Armer Mironow!“ sagte er, als ich meine traurige Geschichte beendigt hatte. „Schade um ihn, er war ein guter Offizier, und Madame Mironow war eine gute Dame, und welche Meisterin war sie im Pilze-Einmachen! Und was macht denn Mascha, die Tochter des Hauptmanns?“

Ich antwortete ihm, daß sie in der Festung unter der Obhut der Popenfrau geblieben sei.

„O weh, o weh!“ bemerkte der General, „das ist schlimm, sehr schlimm. Auf die Disziplin von Räubern kann man sich nicht verlassen. Was wird mit dem armen Mädchen geschehen?“

Ich antwortete, daß die Entfernung von der Festung Bjelogorsk nicht sehr groß sei und daß seine Exzellenz wohl unverzüglich Truppen zur Befreiung der armen Einwohner hinsenden würden. Der General jedoch schüttelte mit ungläubiger Miene den Kopf.

„Wollen sehn, wollen sehn," sagte er, „wir werden darüber noch reden. Du kommst vielleicht zum Tee zu mir, heute ist bei mir Kriegsrat. Du kannst uns dann Mitteilungen über den Halunken Pugatschow und sein Heer machen. Jetzt aber geh und ruh dich aus."

Ich suchte die mir angewiesene Wohnung auf, wo Saweljitsch bereits wirtschaftete, und erwartete ungeduldig die angesetzte Frist. Der Leser kann sich leicht vorstellen, daß ich es nicht versäumte, zu einer Beratung zu erscheinen, die einen so großen Einfluß auf mein Schicksal haben konnte. Zur festgesetzten Stunde war ich beim General.

Ich traf bei ihm einen städtischen Beamten, wenn ich mich recht erinnere, den Zolldirektor, einen dicken, rotwangigen Greis in einem goldverzierten Kaftan. Er fragte mich nach dem Lose Iwan Kusmitschs, den er seinen Gevatter nannte, und unterbrach meine Rede oft durch ergänzende Fragen und moralisierende Bemerkungen, die, wenn sie auch von keiner großen Kenntnis des Kriegswesens zeugten, doch einen gescheiten und vernünftigen Menschen erkennen ließen. Inzwischen kamen auch die andern Geladenen. Als alle saßen und man den Tee serviert hatte, legte der General weitläufig die ganze Sachlage dar. Dann fuhr er fort:

„Nun, meine Herren, müssen wir entscheiden, wie wir uns gegen die Aufrührer zu verhalten haben: angreifend oder abwehrend? Eine jede dieser Methoden hat ihre Vorteile, sowie auch ihre Nachteile. Im Angriffe liegen mehr Chancen zur baldigen Vernichtung des Feindes; die Abwehr ist sicher und ungefährlich ... So stimmen wir denn nach der gesetzmäßigen Ordnung ab, indem wir mit dem Jüngsten im Range beginnen. Herr Fähnrich!" fuhr er fort, indem er sich an mich wandte, „sagen Sie uns bitte Ihre Meinung."

Ich erhob mich, beschrieb zuerst in kurzen Worten Pugatschow und seine Bande und sprach die Überzeugung aus, daß der Usurpator keine Möglichkeit hätte, regelrecht bewaffneten Truppen zu widerstehen.

Meine Meinung wurde von den Beamten mit offenbarer Mißbilligung aufgenommen. Sie sahen in ihr nur Übereilung und Frechheit eines jungen Menschen. Murren erhob sich und ich hörte jemand ganz deutlich mit halblauter Stimme das Wort „Grünschnabel" sagen. Der General wandte sich zu mir und sagte lächelnd:

„Herr Fähnrich! Gewöhnlich werden die ersten Stimmen im Kriegsrate zugunsten der Angriffsbewegungen abgegeben, das ist ganz in der Ordnung.

Jetzt aber lassen Sie uns die andern Stimmen hören. Herr Kollegienrat, sagen Sie uns bitte Ihre Meinung."

Der Greis in dem goldverzierten Kaftan beeilte sich, seine dritte Tasse Tee, die er stark mit Rum vermischt hatte, zu leeren und antwortete dem General:

„Ich glaube, Euer Exzellenz, daß wir weder angreifend noch abwehrend vorgehen sollten."

„Ja, wie denn sonst, Herr Kollegienrat?" erwiderte der erstaunte General, „die Taktik hat keine andern Methoden, es gibt nur Angriff oder Abwehr ..."

„Eure Exzellenz, gehen Sie *bestechend* vor!"

„Haha! Ihre Meinung ist sehr verständig. Bestechungen werden von der Taktik gestattet. Wir wollen Ihren Rat benutzen. Man könnte ja auf den Kopf dieses Halunken ... siebzig Rubel oder sogar hundert ... aus der geheimen Schatulle setzen."

„Dann aber," unterbrach der Zolldirektor, „will ich ein Kirgisenhammel und kein Kollegienrat sein, wenn diese Diebe ihren Ataman nicht an Händen und Füßen gebunden ausliefern."

„Das werden wir noch überlegen und beratschlagen," antwortete der General. „In jedem Falle aber müssen wir auch kriegerische Maßregeln treffen. Meine Herren, geben Sie Ihre Stimmen nach der gesetzlichen Ordnung ab."

Alle Meinungen waren gegen mich. Alle Beamten sprachen von der Unzuverlässigkeit der Truppen, von der Ungewißheit des Erfolges, von Vorsicht und Ähnlichem. Alle waren überzeugt, daß es viel klüger sei, im Schutze der Kanonen hinter einer festen Steinmauer zu bleiben, als im freien Felde das Glück der Waffen zu versuchen. Nachdem der General alle diese Meinungen angehört hatte, klopfte er endlich seine Pfeife aus und hielt folgende Rede:

„Meine Herren! Ich muß Ihnen erklären, daß ich mich meinerseits ganz der Ansicht des Herrn Fähnrich anschließe, denn diese Ansicht gründet sich auf allen Regeln einer gesunden Taktik, welche fast immer den Angriff der Abwehr vorzieht."

Hier machte er eine Pause und stopfte sich seine Pfeife. Meine Eigenliebe triumphierte. Stolz sah ich die Beamten an, die unzufrieden und unruhig miteinander flüsterten.

„Dennoch, meine Herren," fuhr er fort und blies mit einem tiefen Seufzer eine dichte Wolke Tabakrauch von sich, „dennoch wage ich es nicht, eine so große Verantwortung auf mich zu nehmen, wenn es sich um die Sicherheit der Provinzen handelt, die mir Ihre kaiserliche Hoheit, meine allergnädigste Herrscherin anvertraut hat. Und so stimme ich denn der Mehrheit zu, welche entschieden hat, daß es klüger und ungefährlicher sei, eine Belagerung in der Stadt auszuhalten und feindliche Angriffe durch Artilleriefeuer und durch gelegentliche Ausfälle abzuschlagen."

Die Beamten sahen mich nun ihrerseits spöttisch an. Der Rat ging auseinander. Ich beklagte die Schwäche des richtigen Soldaten, der sich gegen seine eigene Überzeugung den Meinungen unwissender und unerfahrener Leute anschloß.

Einige Tage nach dieser ruhmvollen Beratung erfuhren wir, daß sich Pugatschow nach seiner Voraussage Orenburg näherte. Von der Höhe der Stadtmauer aus konnte ich das Rebellenheer erblicken. Mir schien es, daß sich seine Zahl seit der Zeit des letzten Angriffes, dessen Zeuge ich gewesen war, verzehnfacht hätte. Sie führten Geschütze mit sich, die Pugatschow den kleinen schon eroberten Festungen entnommen hatte. Ich erinnerte mich an die Entscheidung des Kriegsrates, sah eine langwierige Einschließung in den Mauern Orenburgs voraus und heulte fast vor Wut.

Ich will nicht die Belagerung Orenburgs schildern, denn sie gehört der Geschichte mehr, als einer Familienchronik an. Ich erwähne nur kurz, daß die Belagerung durch die Unvorsichtigkeit der städtischen Behörden für die Einwohner verhängnisvoll wurde; sie hatten Hunger zu leiden und vieles andere auszustehen. Man kann sich wohl vorstellen, daß das Leben in Orenburg fast unerträglich wurde. Mutlos erwarteten alle die Entscheidung ihres Schicksals, und seufzten über die Teuerung, die tatsächlich furchtbar war. Die Einwohner gewöhnten sich an die Kanonenkugeln, die in ihre Höfe schlugen; selbst Pugatschows Angriffe erregten nicht mehr die allgemeine Neugierde. Ich starb fast vor Langeweile. Die Zeit verging. Aus der Festung Bjelogorsk erhielt ich keinen Brief. Alle Wege waren abgeschnitten. Die Trennung von Marja Iwanowna wurde unerträglich. Die Ungewißheit ihres Loses peinigte mich. Meine einzige Zerstreuung bestand in Reiterabenteuern. Pugatschow hatte ich ein gutes Pferd zu verdanken; ich teilte mit ihm meine schmalen Rationen und ritt täglich vor die Stadt zu kleinen Scharmützeln mit Pugatschows Reitern. In diesen Scharmützeln behielten die Schufte gewöhnlich das Übergewicht, denn sie waren satt, betrunken und gut beritten. Die abgemagerte Garnisonskavallerie konnte ihrer unmöglich Herr werden. Manchmal wagte sich auch unsere ausgehungerte Infanterie ins Feld hervor, doch der tiefe Schnee hinderte sie, mit Erfolg gegen die flinken Reiter vorzugehen. Umsonst dröhnten die Geschütze von der Höhe des Walles, die im Felde regelmäßig steckenblieben, denn die ausgehungerten Pferde konnten sie nicht fortbewegen. Das war unsere kriegerische Tätigkeit! Und das nannten die Orenburger Behörden Vorsicht und Vernunft!

Als es uns einmal gelang, einen ziemlich starken Feindeshaufen zu zerstreuen und davonzujagen, kam ich in die Nähe eines Kosaken, der hinter seinen Kameraden zurückgeblieben war; schon wollte ich mit meinem Türkensäbel auf ihn einschlagen, als er jählings seine Mütze abnahm und schrie:

„Guten Tag, Peter Andrejewitsch. Wie geht es Ihnen?“

Ich schaute hin und erkannte unsern Urjädnik. Ich freute mich unsäglich über dies Zusammentreffen.

„Guten Tag, Maximytsch,“ sagte ich. „Bist du schon lange von Bjelogorsk fort?“

„Nicht lange, Väterchen Peter Andrejewitsch, gestern erst kehrte ich hierher zurück. Ich habe ein Briefchen für Sie.“

„Wo ist es denn?“ rief ich und erglühte über und über.

„Bei mir,“ antwortete Maximytsch und legte die Hand auf die Brusttasche, „ich habe Palaschka geschworen, es Ihnen irgendwie zuzustellen.“

Er übergab mir ein zusammengefaltetes Papier und sprengte sofort von dannen. Ich entfaltete es und las zitternd folgende Zeilen: „Es war Gottes Wille, mir Vater und Mutter zu nehmen, ich habe auf Erden keine Verwandten und keine Beschützer. Ich wende mich an Sie, denn ich weiß, daß Sie mir wohlwollen und bereit sind, jedem Menschen zu helfen. Ich bete zu Gott, daß dieser Brief Sie auf irgendeine Weise erreiche! Maximytsch versprach mir, ihn zu bestellen. Palaschka hat auch von Maximytsch gehört, daß er sehr oft von ferne gesehen hätte, wie Sie sich an Ausfällen beteiligten und daß Sie gar keine Vorsicht beobachteten und nicht an jene dächten, die für Sie mit Tränen zu Gott beten. Ich bin lange krank gewesen; als ich aber gesund wurde, befahl Alexej Iwanowitsch, der hier an Stelle des verstorbenen Vaters kommandiert, dem Vater Gerasim, mich ihm auszuliefern und drohte ihm mit Pugatschow. Nun werde ich in unserem Hause bewacht. Alexej Iwanowitsch zwingt mich, ihn zu heiraten. Er sagt, daß er mir das Leben gerettet hätte, denn er hätte Akulina Pamphilownas Betrug, die mich vor den Bösewichtern für ihre Nichte ausgab, nicht aufgedeckt. Ich würde lieber sterben, als die Frau eines Menschen wie Alexej Iwanowitsch zu werden. Er geht roh mit mir um und droht, wenn ich mich nicht anders besinnen und einwilligen wollte, mich in das Lager des Bösewichts zu führen und dort würde mit mir dasselbe geschehen, was mit Lisawjeta Karlowa geschah. Ich bat Alexej Iwanowitsch, mir Frist zum Nachdenken zu geben. Er will drei Tage warten, sollte ich aber nach drei Tagen nicht einverstanden sein, so würde er mich nicht mehr schonen. Väterchen Peter Andrejewitsch! Sie sind mein einziger Beschützer; treten Sie für mich Arme ein. Bitten Sie den General und alle andern Kommandeure, möglichst bald Sukkurs hierher zu schicken und kommen Sie selber, wenn Sie können. Ich verbleibe Ihre gehorsame arme Waise

Marja Mironow."

Dieser Brief machte mich fast wahnsinnig. Ich gab meinem armen Pferde unbarmherzig die Sporen und raste in die Stadt. Auf dem Wege überdachte ich auf alle Weise die Rettung des armen Mädchens, konnte aber nichts finden. In der Stadt angekommen, begab ich mich direkt zum General und stürzte Hals über Kopf in sein Zimmer.

Der General schritt im Zimmer auf und ab und rauchte aus seiner Meerschaumpfeife. Als er mich sah, blieb er stehen. Mein Aussehen erstaunte ihn augenscheinlich; besorgt erkundigte er sich nach dem Grunde meines eiligen Kommens.

„Eure Exzellenz," sagte ich zu ihm, „ich trete vor Sie, wie vor einen Vater; um Gottes willen versagen Sie mir nicht die Erfüllung dieser Bitte: es handelt sich um das Glück meines ganzen Lebens."

„Ja, was denn, Väterchen?" fragte mich der verwunderte Greis, „was kann ich für dich tun? Sage?"

„Eure Exzellenz, gestatten Sie mir eine Kompagnie Soldaten und ein halb Hundert Kosaken zu nehmen und zum Entsatz der Festung Bjelogorsk auszuziehen!"

Der General sah mich mit einem langen Blick an und glaubte wahrscheinlich, daß ich den Verstand verloren hätte (worin er sich kaum versah).

„Wie das? Zum Entsatz der Festung Bjelogorsk!" fragte er schließlich.

„Ich bürge Ihnen für den Erfolg!“ antwortete ich voll Feuer, „schicken Sie mich nur!“

„Nein, junger Mann!“ sagte er kopfschüttelnd, „bei so großer Entfernung kann der Feind euch leicht die Kommunikation mit dem strategischen Hauptpunkte abschneiden und euch völlig vernichten. Eine abgeschnittene Kommunikation ...“

Ich erschrak, als ich ihn sich in militärische Meditationen verlieren sah und beeilte mich, ihn zu unterbrechen.

„Die Tochter des Hauptmanns Mironow,“ sagte ich ihm, „hat mir einen Brief geschrieben; sie fleht um Hilfe; Schwabrin zwingt sie, ihn zu heiraten.“

„Was? O dieser Schwabrin, er ist ein niederträchtiger Schelm, und wenn er mir in die Hände fallen sollte, so werde ich den Befehl erteilen, in vierundzwanzig Stunden das Urteil über ihn zu sprechen und wir erschießen ihn auf dem Parapet der Festung. Jetzt aber müssen wir uns in Geduld fassen ...“

„Geduld!“ schrie ich und geriet außer mich, „und unterdessen soll er Marja Iwanowna heiraten!“

„Ach was!“ versuchte der General zu widerlegen, „das ist noch kein Unglück, es ist gar nicht mal schlecht für sie, jetzt die Frau Schwabrins zu werden, jetzt kann er sie protegieren; wenn er dann erschossen wird, wird sich mit Gottes Hilfe noch ein anderer Bräutigam für sie finden. Niedliche Witwen bleiben nicht lange Jungfern; das heißt, ich wollte sagen, eine Witwe findet viel rascher einen Mann als ein Mädchen.“

„Lieber den Tod,“ schrie ich toll vor Aufregung, „als daß ich sie Schwabrin abtrete!“

„Ba, ba, ba, ba,“ sagte der Alte, „jetzt versteh' ich's! ... Du bist also in Marja Iwanowna verliebt, das ist eine andere Sache! Armer Kerl! Trotzdem aber kann ich dir keine Kompagnie Soldaten und kein halbes Hundert Kosaken geben. Diese Expedition wäre zu unvernünftig, ich könnte sie nicht verantworten.“

Ich senkte den Kopf. Verzweiflung überkam mich. Plötzlich durchzuckte mich ein Gedanke: worin er bestand, sollen die Leser aus dem folgenden Kapitel ersehen, wie die alten Romanciers zu sagen pflegen.

Elftes Kapitel

Das Haus der Aufrührer

Der Leu war damals satt, wenn er auch sonst so wild.
„Aus welchem Grunde kamst", so frug er sanft und mild
„Du in mein Lager?"

A. Sumarokoff

Ich verließ den General und eilte nach Hause. Saweljitsch empfing mich mit seinen gewöhnlichen Ermahnungen.

„Macht es dir denn, Herr, wirklich Spaß, gegen diese besoffenen Räuber zu ziehen? Ist das etwas für Edelleute? Nicht immer ist das Schicksal gleich: du kannst an einer Kleinigkeit kaput gehen. Und wär's noch gegen Türken oder Schweden, aber so – es ist schon eine Sünde, den Namen des Feindes auszusprechen."

Ich unterbrach seine Rede mit der Frage: „Wieviel Geld habe ich alles in allem?"

„Es genügt," antwortete er mit zufriedenem Gesicht, „die Schwindler haben sehr danach gesucht, ich hatte es aber gut versteckt." Bei diesen Worten nahm er eine lange gestickte Börse voll Silber aus der Tasche.

„Also Saweljitsch," sagte ich ihm, „jetzt gibst du mir die Hälfte, die andere kannst du behalten. Ich reise nach Bjelogorsk."

„Väterchen Peter Andrejewitsch!" sagte mein guter Erzieher mit zitternder Stimme, „fürchte Gott! Wie magst du dich jetzt auf den Weg machen, in einer Zeit, wo man nirgends vor Räubern sicher ist! Und wenn du schon auf dich selber keine Rücksicht nimmst, so erbarme dich wenigstens deiner Eltern. Was hast du es nötig, jetzt zu reisen? Wozu? Wart nur ein klein wenig: Truppen werden kommen und die Betrüger fangen; dann kannst du reisen, wohin du willst."

Aber ich blieb fest.

„Jetzt ist keine Zeit zu überlegen," sagte ich dem Alten, „ich muß hin, es ist mir unmöglich, nicht hinzureisen. Gräme dich nicht, Saweljitsch, Gott ist gnädig, wir werden uns schon wiedersehn! Und sieh zu, mach dir kein Gewissen und sei nicht geizig. Kauf, was du nötig hast, auch wenn es dreimal so teuer sein sollte. Das Geld schenk ich dir. Wenn ich nach drei Tagen nicht zurückkehren sollte ..."

„Was denkst du, Herr," unterbrach mich Saweljitsch, „ich sollte dich allein lassen! Laß es dir nicht im Traume einfallen. Wenn du schon entschlossen bist, zu reisen, so werde ich meinetwegen zu Fuß gehen, aber mitgehen werde ich und werde dich nicht verlassen. Was soll ich ohne dich hinter dieser Mauer sitzen! Bin ich denn verrückt geworden? Wie du willst, Herr, aber ich bleibe nicht zurück."

Ich wußte, daß es unnütz sei, mit Saweljitsch zu streiten und erlaubte ihm, seine Vorbereitungen zur Reise zu treffen. Nach einer halben Stunde saß ich auf meinem guten Pferde, Saweljitsch aber auf einer lahmen und mageren Mähre, die ihm einer der Einwohner umsonst überlassen hatte, weil er keine Mittel mehr besaß, sie zu füttern. Wir kamen zum Stadttor, die Wachen ließen uns passieren; wir verließen Orenburg.

Die Dämmerung brach ein. Der Weg führte am Dorfe Bjerdsk vorüber, dem Lager Pugatschows. Schnee bedeckte unsere Straße; aber auf der ganzen Steppenfläche sah man täglich neue Spuren von Pferdehufen. Ich sprengte in schnellem Trabe dahin. Saweljitsch konnte mir kaum von ferne folgen und schrie mir alle Augenblicke zu:

„Langsamer, Herr, um Gottes willen langsamer! Meine verdammte Schindmähre kommt nicht so rasch vorwärts wie dein langbeiniger Teufel. Wohin eilst du? Wenn's noch zu einem Gelage wäre, so aber rennst du nur ins Verderben, gib nur acht ... Peter Andrejewitsch ... Väterchen Peter Andrejewitsch! ... Herr Gott, dem Kinde wird noch ein Unglück geschehen!"

Bald schon funkelten die Lagerfeuer von Bjerdsk vor uns auf. Wir näherten uns den Gräben, die eine natürliche Befestigung des Dorfes bildeten. Saweljitsch blieb zurück und hörte nicht mit seinen jämmerlichen Klagen auf. Ich hoffte, das Dorf unbemerkt hinter mir zu lassen, sah aber plötzlich im Dunkel etwa fünf Menschen vor mir stehen, Bauern, die mit Knitteln bewaffnet waren, Vorposten des Pugatschowschen Lagers. Man rief uns an. Da ich die Parole nicht kannte, wollte ich schweigend an ihnen vorüberreiten; ich wurde jedoch sofort umringt und einer von ihnen ergriff die Zügel meines Pferdes. Ich riß den Säbel aus der

Scheide und versetzte dem Bauern eins über den Kopf, seine Mütze rettete ihn; dennoch taumelte er zurück und ließ die Zügel aus der Hand fahren. Die übrigen gerieten in Verwirrung und wichen zurück; ich benutzte den Augenblick, gab meinem Pferde die Sporen und sprengte fort.

Die Dunkelheit der herannahenden Nacht hätte mich aus jeder Gefahr errettet, als ich mich jedoch nach Saweljitsch umsah, konnte ich ihn nicht erblicken. Der arme Alte konnte auf seinem lahmen Pferde den Räubern nicht entgehen; was tun? Ich wartete einige Minuten und überzeugte mich davon, daß man ihn zurückgehalten hatte. Ich wandte mein Pferd und eilte, ihn zu befreien.

Als ich mich den Gräben näherte, hörte ich fernen Lärm, Schreie und die Stimme meines Saweljitsch. Ich eilte und befand mich bald wieder inmitten der wachhabenden Bauern, die mich vor einigen Minuten aufgehalten halten. Saweljitsch war unter ihnen. Sie hatten den Alten von seiner Mähre gerissen und wollten ihn eben binden. Meine Ankunft erfreute sie. Schreiend stürzten sie sich auf mich und rissen mich vom Pferde. Einer von ihnen, der hier augenscheinlich zu befehlen hatte, erklärte, daß er uns sofort vor den Kaiser führen würde.

„Und unser Väterchen,“ setzte er hinzu, „hat dann zu befehlen, ob man euch gleich aufhängen oder erst das Morgenlicht erwarten soll.“

Ich widersetzte mich nicht; Saweljitsch folgte meinem Beispiele und die Wachen führten uns im Triumphe fort.

Wir kletterten über den Graben und traten ins Dorf. In allen Hütten brannten Lichter, überall hörte man Lärmen und Schreien. Auf der Straße begegneten uns viele Menschen, aber in der Dunkelheit bemerkte uns keiner und keiner erkannte in mir den Orenburger Offizier. Wir wurden direkt zu einer Hütte gebracht, die an einer Straßenkreuzung lag. Vor der Türe standen einige Weinfässer und zwei Kanonen.

„Das ist der Palast,“ sagte einer der Bauern, „wir werden euch sofort melden.“

Er ging in die Hütte. Ich sah Saweljitsch an; der Alte bekreuzigte sich und betete. Ich mußte lange warten; endlich kehrte der Bauer zurück und sagte mir:

„Marsch hinein! Der Kaiser will den Offizier sehen.“

Ich trat in die Hütte oder den Palast, wie die Bauern sie nannten. Sie war von zwei Talglichtern erleuchtet, und die Wände waren mit Goldpapier beklebt; übrigens waren Tische und Bänke, und der an einem Strick befestigte Waschapparat, das an einem Nagel hängende Handtuch, die in der Ecke stehende Ofengabel und der breite Herd, der mit Töpfen besetzt war, – alles wie in einer gewöhnlichen Hütte. Pugatschow saß unter den Heiligenbildern, er trug einen roten Kaftan, eine hohe Mütze und stemmte wichtig einen Arm in die Seite. In seiner Nähe standen einige seiner Hauptgenossen mit dem Ausdruck geheuchelter Unterwürfigkeit. Es war augenscheinlich, daß die Nachricht von der Ankunft eines Orenburger Offiziers in den Aufrührern starke Neugierde hervorrief, und daß sie sich vorbereitet hatten, mich feierlich zu empfangen. Pugatschow erkannte mich sofort. Seine gekünstelte Würde verschwand augenblicklich.

„Ah, Euer Wohlgeboren!“ rief er mir lebhaft zu. „Wie geht es dir? Was führt dich her?“

Ich antwortete, daß ich in meinen Privatangelegenheiten reiste und daß seine Leute mich angehalten hätten.

„In was für Angelegenheiten?“ fragte er mich.

Ich wußte nicht, was ich antworten sollte. Pugatschow nahm an, daß ich vor Zeugen nichts mitteilen wollte, wandte sich an seine Genossen und befahl ihnen, fortzugehen. Mit Ausnahme von zweien, die sich nicht von der Stelle rührten, gehorchten alle.

„Vor diesen kannst du ruhig sprechen,“ sagte Pugatschow, „ich verberge nichts vor ihnen.“

Ich musterte die Günstlinge des Usurpators flüchtig. Der eine von ihnen, ein magerer und gebückter Greis mit einem grauen Bärtchen hatte nichts besonders Merkwürdiges an sich, außer einem blauen Band, das er quer über die Schulter seines grauen Kittels trug. Zeit meines Lebens werde ich seinen Kameraden nicht vergessen. Er war von hohem Wuchs, muskulös, breitschulterig und schien mir fünfundvierzig Jahre alt zu sein. Sein dichter roter Bart, seine grauen blitzenden Augen, die Nase, die fast ohne Nüstern war, und die rötlichen Flecken auf seiner Stirn und seinen Wangen,– all dies gab dem breiten, pockennarbigen Gesicht einen unbeschreiblichen Ausdruck. Er trug ein rotes Hemd, einen langen Kirgisenrock und die Pluderhosen der Kosaken. Der erste (dies erfuhr ich später) war der entflohene Korporal Bjeloborodow, der zweite jedoch war Afanasje Sokoloff (genannt Chlopuscha), ein desertierter Sträfling, der dreimal aus den sibirischen Bergwerken geflohen war. Trotz der Gefühle, die mich so ausschließlich bewegten, erregte diese Gesellschaft, in die ich so unversehens geraten war, meine Einbildungskraft in hohem Maße. Aber Pugatschow brachte mich durch seine Frage wieder zu mir selbst.

„Nun sage, in welcher Angelegenheit verließest du Orenburg?“

Ein eigentümlicher Gedanke ging durch meinen Kopf, es schien mir, als gebe mir die Vorsehung, die mich mit Pugatschow zum zweitenmal zusammenbrachte, Gelegenheit, mein Vorhaben auszuführen. Ich beschloß, diesen Zufall zu benutzen. Und ehe ich meinen Entschluß noch recht überlegen konnte, antwortete ich Pugatschow.

„Ich reise nach Bjelogorsk, um eine Waise zu beschützen, die man dort beleidigt.“

Pugatschows Augen funkelten.

„Wer meiner Leute wagt es, eine Waise zu beleidigen?“ schrie er, „und wäre er sieben Spannen lang, er soll mir nicht entgehen. Sprich, wer ist der Schuldige?“

„Es ist Schwabrin,“ entgegnete ich. „Er hält jenes Mädchen gefangen, welches du damals bei der Popenfrau krank zu Bett liegen sahst, und will sie zwingen, ihn zu heiraten.“

„Ich werde Schwabrin lehren!“ sagte Pugatschow drohend. „Er soll erfahren, was es heißt, eigenmächtig handeln und das Volk beleidigen. Ich laß ihn hängen.“

„Wenn ich ein Wort sprechen dürfte,“ fiel Chlopuscha mit heiserer Stimme ein, „du hast dich übereilt, Schwabrin zum Kommandanten der Festung zu ernennen und jetzt übereilest du dich, ihn aufzuhängen; du hast die Kosaken beleidigt, indem du einen Edelmann über sie setztest, jetzt erschrecke die Edelleute nicht, indem du einen von ihnen aufs erste Wort hin verurteilen willst.“

„Keine Gnade, kein Mitleid mit ihnen?“ meinte der Alte mit dem blauen Bande. „Schwabrin zu verurteilen ist kein Unglück, aber es wäre auch nicht schlecht, den Herrn Offizier ordnungsgemäß zu verhören: warum kam er her? Wenn er dich nicht als Kaiser anerkennt, so hat er kein Recht bei dir zu suchen; wenn er dich aber anerkennt, warum saß er dann bis zum heutigen Tag in Orenburg bei deinen Erzfeinden? – Ob man ihn nicht ins Gerichtszimmer führen und dort ein Feuerchen anmachen sollte? Ich glaube, seine Gnaden sind zu uns von den Orenburger Kommandeuren geschickt worden.“

Die Logik dieses alten Bösewichtes war mir sehr begreiflich und bei dem Gedanken, in wessen Händen ich mich befände, lief mir ein kalter Schauer über den Rücken. Pugatschow bemerkte meine Verwirrung.

„Wie, Euer Wohlgeboren," blinzelte er mir zu, „mein Feldmarschall scheint das Richtige getroffen zu haben? Meinst du nicht?"

Pugatschows Spott gab mir meinen Mut zurück. Kaltblütig entgegnete ich ihm, daß ich mich in seiner Gewalt befände und er mit mir machen könnte, was er nur wollte.

„Schon gut," meinte Pugatschow, „jetzt aber erzähle, in welchem Zustand sich eure Stadt befindet."

„Es geht, Gott sei Dank, alles gut," antwortete ich.

„Gut?" wiederholte Pugatschow, „und die Leute sterben vor Hunger?"

Der Usurpator sprach die Wahrheit; doch der Pflicht meines Eides getreu, suchte ich ihn zu überzeugen, daß all das leere Gerüchte wären und daß Orenburg zur Genüge mit den verschiedensten Vorräten versorgt sei.

„Du siehst," nahm das alte Männchen das Wort, „daß er dir ins Gesicht lügt. Alle Flüchtlinge bezeugen einstimmig, daß in Orenburg Hunger und Seuche herrschen, daß man dort bereits Leichen esse und selbst das sei noch ein Vergnügen; seine Gnaden aber versichern, daß dort alles gut ginge. Und wenn du schon den Schwabrin aufhängen lassen willst, so könnte doch eigentlich am selben Galgen auch dieser Bursche hängen, damit keiner auf den andern neidisch wäre."

Die Worte dieses verdammten Alten schienen Pugatschow schwankend zu machen. Zum Glück widersprach Chlopuscha seinem Genossen.

„Schweig, Naumytsch," fuhr er ihn an, „du willst immer nur erwürgen und totschlagen. Und was bist du denn für ein Held? Sieht man dich an, so weiß man nicht, woran deine Seele noch klebt. Mit einem Auge siehst du schon ins Grab und mit dem andern willst du noch andere Leute verderben. Du hast wohl zu wenig Blut auf deinem Gewissen?"

„Und was bist denn du für ein Knecht Gottes geworden?" entgegnete ihm Bjeloborodow, „woher kommst du zu deinem Mitleid?"

„Natürlich," meinte Chlopuscha, „bin ich auch ein Sünder und dieser Arm" (hierbei ballte er seine knochige Faust, schob den Ärmel zurück und enthüllte einen zottigen Arm), „dieser Arm ist schuld an vielem vergossenen Christenblute. Aber ich habe immer nur Gegner vernichtet und nie einen Gast; auf freiem Wege und im dunklen Walde, aber nicht zu Hause hinter dem Ofen sitzend; mit der Wurfkugel und dem Beil und nicht mit Weibergeschwätz."

Der Alte wandte sich ab und murmelte: „Abgerissene Nüstern! ..."

„Was murmelst du da, alter Hund," fuhr Chlopuscha auf. „Ich werde dir mal – abgerissene Nüstern – wart nur, auch deine Zeit ist nah; Gott gebe, daß auch du die heißen Zangen zu riechen bekommst ... Bis dahin aber sieh zu, daß ich dir nicht deinen sogenannten Bart ausreiße!"

„Meine Herren Generäle!" rief Pugatschow mit Würde, „was streitet ihr euch da. Es wäre kein Unglück, wenn alle Orenburger Hunde mit den Füßen unter demselben Querbalken hin und her baumelten. Ein Unglück jedoch ist es, wenn unsere guten Hunde sich untereinander zu beißen beginnen. Also macht Frieden."

Chlopuscha und Bjeloborodow sagten kein Wort mehr und sahen einander finster an. Ich sah die Notwendigkeit ein, das Gespräch zu verändern, das einen für mich sehr ungünstigen Ausgang nehmen konnte, wandte mich an Pugatschow und sagte ihm mit heiterer Miene:

„Übrigens vergaß ich ganz, mich bei dir für das Pferd und den Pelz zu bedanken. Ohne dich hätte ich die Stadt nie erreicht und wäre auf dem Wege erfroren."

Meine List gelang. Pugatschow wurde lustig.

„Die bezahlte Schuld ist angenehm," sagte er und blinzelte mit einem Auge; „erzähl mir jetzt einmal, was geht dich das Mädchen an, welches Schwabrin beleidigt? Sollte es nicht die Geliebte deines tapferen Herzens sein, wie?"

„Es ist meine Braut," entgegnete ich schnell, als ich bei Pugatschow den angenehmen Wechsel des Wetters bemerkte, außerdem glaubte ich, die Wahrheit nicht verstecken zu brauchen.

„Deine Braut!" schrie Pugatschow. „Warum sagtest du das nicht früher? Ja, dann wollen wir dich doch verheiraten und auf deiner Hochzeit saufen!" Und dann wandte er sich zu Bjeloborodoff: „Höre, Feldmarschall! Seine Wohlgeboren ist ein alter Freund von mir; setzen wir uns daher und essen wir zu Abend und dann müssen wir die Sache überschlafen. Morgen laß uns sehen, was wir mit ihm machen."

Am liebsten hätte ich diese Ehre abgelehnt, doch das ging nicht an. Die Töchter des Besitzers der Hütte, zwei junge Kosakenmädchen, deckten den Tisch mit einem weißen Tuche, brachten Brot herbei, Fischsuppe und einige Kannen mit Wein und Bier, und so fand ich mich denn zum zweitenmal an einem Tisch mit Pugatschow und seinen furchtbaren Genossen.

Die Orgie, an der ich als unfreiwilliger Zeuge beteiligt war, währte bis in die tiefe Nacht. Schließlich aber besiegte der Rausch die Kumpane. Auf seinem Stuhle sitzend schlief Pugatschow ein; seine Genossen standen auf und gaben mir ein Zeichen, ihn zu verlassen. Ich ging mit ihnen hinaus. Chlopuscha ordnete einiges an; dann führte mich ein Wachtposten in die Gerichtshütte, wo ich auch Saweljitsch vorfand und in welche wir eingeschlossen wurden. Mein Erzieher war von all dem, was geschehen, so erstaunt, daß er mir keinerlei Fragen stellte. Er legte sich im Dunkeln nieder und seufzte und ächzte noch lange; endlich ging das in Schnarchen über, ich aber gab mich meinen Gedanken hin, die mich die ganze Nacht kein Auge zutun ließen.

Des Morgens wurde ich zu Pugatschow gerufen. Ich ging hin. Vor seiner Tür stand ein Reisewagen, der mit drei tatarischen Pferden bespannt war. Auf der Straße drängte sich das Volk. Im Flur begegnete ich Pugatschow; er war reisefertig angezogen, trug einen Pelz und eine Kirgisenmütze. Seine gestrigen Kumpane umgaben ihn mit dem alten unterwürfigen Ausdruck, der all dem, was ich nachts gesehen hatte, widersprach. Heiter begrüßte mich Pugatschow und befahl mir, mich neben ihn in den Reisewagen zu setzen. Wir setzten uns.

„Zur Festung Bjelogorsk!“ rief Pugatschow einem breitschultrigen Tataren zu, der das Dreigespann stehend lenkte.

Mein Herz klopfte stark. Die Pferde zogen an, die Glöckchen läuteten, der Schlitten fuhr los ...

„Halt! halt!“ rief eine Stimme, die mir nur zu bekannt war und ich sah Saweljitsch, der uns entgegenlief. Pugatschow befahl zu halten.

„Väterchen Peter Andrejewitsch!“ rief der Greis, „lassen Sie mich alten Menschen nicht so allein inmitten dieser Betrü...“

„So, so, alter Hund,“ meinte Pugatschow. „Hat uns Gott schon wieder zusammengeführt. Setz dich meinetwegen auf den Bock!“

„Besten Dank, lieber Kaiser, besten Dank, Väterchen!“ sagte Saweljitsch während er Platz nahm. „Gebe Gott dir hundert Jahre Gesundheit, daß du mich alten Mann beachtet und getröstet hast. Ewig werde ich für dich zu Gott beten und niemals mehr vom Hasenpelz sprechen.“

Dieser Hasenpelz hätte am Ende Pugatschow nicht wenig erbittern können. Zum Glück hörte der Usurpator nicht oder aber er beachtete die unangebrachte Andeutung nicht. Die Pferde sprengten weiter; das Volk auf der Straße blieb stehen und verneigte sich tief. Pugatschow nickte mit dem Kopf nach beiden Seiten. Schon nach einer Minute verließen wir das Dorf und fegten über die glatten Wege hin.

Man kann sich leicht vorstellen, was ich in dieser Minute fühlte. Nach wenigen Stunden sollte ich die sehen, die ich schon für verloren hielt. Ich stellte mir die Minute unseres Wiedersehens vor ... Ich dachte auch an jenen Menschen, in dessen Händen mein Schicksal lag und der durch eine seltsame Verkettung der Umstände mit mir geheimnisvoll verbunden war. Ich dachte an den grausamen Jähzorn und an die blutgierigen Gewohnheiten dessen, der nun der Befreier meiner Geliebten sein wollte! Pugatschow wußte nicht, daß sie die Tochter des Hauptmanns Mironow war, der erbitterte Schwabrin konnte ihm alles entdecken, auch auf andere Weise konnte Pugatschow die Wahrheit erfahren ... Was dann mit Marja Iwanowna? Kälte überlief meinen Körper und meine Haare standen zu Berg ...

Plötzlich unterbrach Pugatschow meine Betrachtungen und wandte sich mit einer Frage zu mir:

„Worüber denken Euer Wohlgeboren nach?“

„Wie sollte ich nicht,“ entgegnete ich ihm, „ich bin ein Offizier und Edelmann; gestern noch schlug ich mich gegen dich, heute aber fahre ich mit dir im selben Schlitten und das Glück meines ganzen Lebens hängt von dir ab.“

„Und nun?“ fragte Pugatschow, „fürchtest du dich?“

Ich antwortete, daß ich, da ich schon einmal von ihm begnadigt worden sei, mich ferner nicht nur auf seine Gnade, sondern auch auf seine Hilfe verließe.

„Und du tust recht daran, bei Gott, tust recht daran!“ sagte der Usurpator. „Du sahst, wie meine Leute dich mißtrauisch ansahen, und der Alte hat noch heute darauf bestanden, daß du ein Spion seist und man dich foltern und aufknüpfen müsse; ich aber willigte nicht ein,“ fügte er hinzu und senkte die Stimme, damit Saweljitsch und der Tatar ihn nicht hören könnten, „da ich deines Glases Wein gedachte und des Hasenpelzes. Du siehst, daß ich durchaus nicht so blutdürstig bin, wie eure Leute von mir sagen."

Ich dachte an die Einnahme von Bjelogorsk, hielt es aber nicht für nötig, seine Ansicht zu bestreiten und antwortete kein Wort.

„Was spricht man von mir in Orenburg?" fragte Pugatschow, nachdem er einige Zeit geschwiegen hatte.

„Man sagt, daß man mit dir schwer auskommen könnte. Du hast dich zu erkennen gegeben."

Das Gesicht des Usurpators sprach von befriedigter Eigenliebe.

„Ja," sagte er heiter, „wenn ich schon kämpfe, dann auch ordentlich. Weiß man auch bei euch in Orenburg von meiner Schlacht bei Jusejew? Vierzig Generäle wurden totgeschlagen, vier Armeen kapitulierten. Was aber meinst du: könnte der Preußenkönig es mit mir aufnehmen?"

Die Prahlerei des Räubers machte mich lächeln.

„Und was hältst du selber davon?" sagte ich ihm, „würdest du mit Friedrich fertig werden?"

„Mit Fjodor Fjodorowitsch? Warum denn nicht? Mit euren Generälen bin ich doch fertig geworden, die aber haben ihn geschlagen. Bis jetzt ist das Glück meinen Waffen noch treu gewesen. Gib mir Zeit und es werden noch ganz andere Dinge geschehen, wenn ich erst auf Moskau ziehe!"

„Also gedenkst du auf Moskau loszugehen?"

Der Usurpator dachte ein wenig nach und sagte halblaut:

„Weiß Gott! Mein Weg ist schmal; man läßt mir nicht viel Freiheit. Meine Leute werden aufsässig. Sie sind Diebe. Ich muß meine Ohren steifhalten: bei der ersten Niederlage werden sie ihren Hals mit meinem Kopf bezahlen."

„Eben," sage ich zu Pugatschow, „und wäre es da nicht besser, wenn du selber sie rechtzeitig verließest und dich an die Gnade der Kaiserin wendetest?"

Aber Pugatschow lächelte bitter.

„Nein," antwortete er, „zur Reue ist es für mich zu spät. Man wird mich nicht begnadigen. Ich will fortfahren, wie ich begonnen habe. Und wer weiß denn? Vielleicht glückt's! Grischka Otrepjeff hat über Moskau geherrscht."

„Aber weißt du auch, wie er endete? Man warf ihn aus dem Fenster, schlug ihn tot, verbrannte ihn, lud mit seiner Asche eine Kanone und schoß sie ab.“

„Hör mal,“ sagte Pugatschow in wilder Begeisterung, „ich will dir ein Märchen erzählen, das mir, als ich noch ein Kind war, eine alte Kalmückin erzählte. Der Adler fragte einmal den Raben: Sag mal, Rabenvogel, warum lebst du auf der weiten Welt dreihundert Jahre und ich nur im ganzen dreiunddreißig? – Darum, Väterchen, antwortete ihm der Rabe, weil du lebendiges Blut trinkst, ich aber mich von Aas nähre. Der Adler dachte nach: Ich will versuchen, mich auf dieselbe Weise zu nähren. Gut. Adler und Rabe machten sich auf den Weg. Plötzlich sahen sie ein gefallenes Pferd, flogen herab und setzten sich darauf. Der Rabe fiel sofort darüber her und lobte es. Der Adler hackte einmal hinein, dann noch einmal, breitete die Flügel aus und sagte zum Raben: Nein, Bruder Rabe, ehe ich mich dreihundert Jahre von Aas nähren sollte, ist es besser, sich einmal in lebendigem Blute zu berauschen; dann aber, wie Gott will! – Nun, wie gefällt dir diese Kalmückensage?“

„Sie ist nachdenklich,“ antwortete ich. „Aber von Mord und Raub leben, heißt für mich, sich von Aas nähren.“

Pugatschow sah mich erstaunt an und antwortete nichts. Wir verstummten beide und jeder gab sich seinen Betrachtungen hin. Der Tatar sang ein melancholisches Lied, träumend schwankte Saweljitsch auf dem Bocke. Der Schlitten flog über den glatten winterlichen Weg ... Plötzlich sah ich das steile Ufer des Jaik und ein Dörfchen mit einem Bretterzaun und einem Glockenturm, und nach einer Viertelstunde waren wir in der Festung Bjelogorsk.

Zwölftes Kapitel

Die Waise

Unser Apfelbaum
Hat keinen Wipfel mehr und keinen Zweig
Unsre junge Fürstin
Hat keinen Vater mehr und keine Mutter.
Keiner ist, der sie schmückt,
Keiner ist, der sie segnet.

Volkslied

Unser Reisewagen näherte sich dem Kommandantenhause. Das Volk erkannte Pugatschows Gespann und eilte uns in Scharen nach. Schwabrin empfing den Usurpator auf der Treppe. Er war wie ein Kosak angezogen und ließ sich einen Bart stehen. Der Verräter half Pugatschow aus dem Wagen steigen und bezeugte ihm in niedrigen Redensarten seine Freude und seinen Eifer. Als er mich sah, wurde er verlegen, aber bald faßte er sich, streckte mir die Hand hin und sagte:

„Auch du bist unser? Es hätte schon längst so sein sollen!"

Ich wandte mich ab und antwortete nichts.

Als ich in dem wohlbekannten Zimmer war, wo an der Wand noch das Diplom des getöteten Kommandanten hing, als ein trauriger Schmuck vergangener Zeit, war mein Herz voll Schwermut. Und Pugatschow setzte sich auf dasselbe Sofa, wo früher Iwan Kusmitsch zuweilen schlummerte, wenn ihn das Brummen seiner Gattin eingeschläfert hatte. Schwabrin brachte ihm einen Schnaps. Pugatschow trank und sagte dann, indem er auf mich hinwies:

„Bewirte auch Seine Wohlgeboren."

Schwabrin trat an mich heran; zum zweitenmal jedoch wandte ich mich von ihm ab. Er schien ziemlich aufgeregt. Bei seinem durchschnittsmäßigen hellen Verstande mußte er natürlich bemerken, daß Pugatschow mit ihm unzufrieden war, und er fürchtete sich vor ihm und sah mich mit einem mißtrauischen Blicke an. Pugatschow fragte ihn über den Zustand der Festung aus, über Gerüchte vom feindlichen Heer und ähnliches. Plötzlich aber fragte er ganz unerwartet:

„Sag mal, Brüderchen, was für ein Mädchen hältst du eigentlich gefangen? Zeig es mir."

Schwabrin wurde bleich wie ein Toter.

„Herr Kaiser," sagte er mit zitternder Stimme, „sie ist nicht gefangen ... Ist krank ... sie liegt in ihrem Zimmer."

„So führe mich zu ihr," sagte der Usurpator und stand auf.

Sich zu weigern war unmöglich. Schwabrin führte Pugatschow zum Zimmer Marja Iwanownas. Ich schritt ihnen nach.

Schwabrin blieb auf der Treppe stehen.

„Mein Kaiser!" sagte er, „Sie dürfen von mir alles, was Sie nur wollen, verlangen, aber verbieten Sie einem Fremden, das Schlafzimmer meines Weibes zu betreten."

Ich erbebte.

„So bist du verheiratet?" sagte ich zu Schwabrin und war bereit ihn zu zerreißen.

„Nur ruhig!" unterbrach mich Pugatschow. „Dies ist meine Sache. Du aber," setzte er fort, indem er sich an Schwabrin wandte, „lüg jetzt nicht und dreh dich nicht, ob sie nun dein Weib ist oder nicht, ich führe zu ihr, wen ich will. Euer Wohlgeboren, folge mir."

An der Türe zum Zimmer blieb Schwabrin wiederum stehen und sagte mit abgerissener Stimme:

„Mein Kaiser! Ich warne Sie, sie liegt im Fieber und schon seit drei Tagen redet sie ohne Unterlaß irre."

„Öffne!" sagte Pugatschow.

Schwabrin suchte in allen Taschen und sagte, daß er den Schlüssel nicht mitgenommen habe. Pugatschow stieß mit dem Fuß gegen die Türe; das Schloß brach, die Türe öffnete sich und wir traten ein.

Ich trat ein und erstarrte. Auf dem Fußboden saß Marja Iwanowna in zerrissenen Bauernkleidern, sie war bleich und mager und ihre Haare zerzaust.

Vor ihr stand ein Krug Wasser, über den ein Stück Brot gelegt war. Als sie mich erblickte, fuhr sie mit einem Schrei auf. Was damals in mir vorging, weiß ich nicht mehr.

Pugatschow sah Schwabrin an und sagte mit bitterem Spotte:

„Dein Lazarett ist nicht übel!" Dann näherte er sich Marja Iwanowna: „Sag mir, mein Täubchen, weswegen bestraft dein Mann dich? Was hast du ihm denn so Schlechtes getan?"

„Mein Mann!" wiederholte sie, „er ist nicht mein Mann. Niemals werde ich seine Frau. Ich entschloß mich, lieber zu sterben und werde auch sterben, wenn mich keiner befreit."

Pugatschow sah Schwabrin drohend an:

„Du wagtest mich zu betrügen! Weißt du auch, Halunke, was du verdienst?"

Schwabrin fiel auf die Knie ... In diesem Augenblick erstickte die Verachtung alle Gefühle des Hasses und Zornes. Mit ungeheurem Ekel sah ich diesen Edelmann, der sich zu Füßen eines flüchtigen Kosaken wälzte. Pugatschow wurde weicher.

„Diesmal verzeih ich dir noch," sagte er zu Schwabrin, „doch wisse, daß deiner nächsten Schuld auch diese angerechnet wird."

Dann wandte er sich zu Marja Iwanowna und sagte freundlich zu ihr:

„Komm mit, schönes Kind, ich schenke dir die Freiheit. Ich bin der Kaiser."

Marja Iwanowna sah ihn schnell an und erriet, daß der Mörder ihrer Eltern vor ihr stand. Sie verhüllte das Gesicht mit beiden Händen und sank bewußtlos nieder.

Ich wollte ihr zu Hilfe eilen, doch in dieser Minute schob sich mutig meine alte Bekannte Palaschka ins Zimmer und bemühte sich um ihr Fräulein. Pugatschow verließ das Zimmer und wir drei gingen ins Gastzimmer hinunter.

„Was, Euer Wohlgeboren?" sagte Pugatschow und lachte, „haben wir dem schönen Mädchen nicht gut geholfen! Was meinst du? Sollen wir nicht gleich nach dem Priester schicken und ihn veranlassen, seine Nichte zu trauen? Ich könnte ja der Brautvater sein und Schwabrin der Brautführer; schmausen und trinken wir und schließen wir die Türen."

Was ich befürchtete, geschah. Als Schwabrin Pugatschows Vorschlag hörte, geriet er außer sich.

„Mein Kaiser!“ schrie er, seiner selbst nicht mächtig, „ich bin schuldig, ich habe Sie belogen; aber auch Grinjew betrügt Sie. Dieses Mädchen ist nicht die Nichte des hiesigen Priesters, sie ist die Tochter Iwan Mironows, der nach der Einnahme dieser Festung hier aufgehängt wurde.“

Pugatschows flammende Augen richteten sich auf mich.

„Was ist denn das noch?“ fragte er verständnislos.

„Schwabrin sagt dir die Wahrheit“, antwortete ich fest.

„Das hast du mir aber nicht gesagt“, bemerkte Pugatschow und sein Gesicht verdüsterte sich.

„Entscheide selber,“ entgegnete ich ihm, „ob ich vor deinen Leuten sagen konnte, daß Mironows Tochter am Leben sei. Sie hätten sie ja zerrissen. Nichts hätte sie retten können.“

„Auch das ist wahr,“ sagte Pugatschow und lachte, „meine Säufer würden das arme Mädchen nicht verschont haben. Die Popenfrau hatte ganz recht, daß sie jene betrog.“

„Höre,“ fuhr ich fort, als ich seine gute Laune sah, „wie ich dich anzureden habe, weiß ich nicht und will es auch nicht wissen ... Doch Gott sieht, daß ich bereit bin, für das, was du für mich getan hast, dir mein Leben zu opfern. Nur verlange nichts von mir, was meine Ehre und mein christliches Gewissen nicht ausführen können. Du bist mein Wohltäter. Vollende, was du begonnen hast; laß mich mit der armen Waise ziehen, wohin Gott uns den Weg zeigt. Wo du aber auch seist und was mit dir geschehe, wir werden jeden Tag zu Gott um die Rettung deiner sündigen Seele beten ...“

Es schien, als ob Pugatschows rauhe Seele gerührt wäre.

„Sei's denn wie du's wünschst!“ sagte er. „Wen man aufhängen will, den hänge man ganz auf, wem man aber verzeihen will, dem verzeihe man ganz, so halte ich's. Nimm denn deine Schöne, führe sie wohin du willst und gebe Gott euch Liebe und Segen.“

Hierbei wandte er sich an Schwabrin und hieß ihn, mir einen Freipaß für alle Festungen und Haltestellen ausstellen, die ihm unterwürfig waren. Der völlig gedemütigte Schwabrin stand da wie versteinert. Pugatschow ging die Festung besichtigen. Schwabrin begleitete ihn, ich aber blieb unter dem Vorwande, Reisevorbereitungen zu treffen.

Ich eilte zum Zimmer. Die Tür war zugesperrt. Ich klopfte.

„Wer da?“ fragte Palaschka.

Ich gab mich zu erkennen und vernahm hinter der Türe die liebe Stimme Marja Iwanownas.

„Geduld, Peter Andrejewitsch. Ich zieh mich um. Gehen Sie solange zu Akulina Pamphilowna, ich werde sofort dort sein.“

Ich gehorchte und ging ins Haus des Vaters Gerasim. Er und seine Frau liefen mir entgegen. Saweljitsch hatte sie bereits benachrichtigt.

„Guten Tag, Peter Andrejewitsch“, sagte die Popenfrau. „Gott hat uns also wieder zusammengeführt. Wie geht's? Jeden Tag haben wir an Sie gedacht. Und Marja Iwanowna, unser Täubchen, hat ohne Sie so gelitten! ... Ja, sagen Sie, Väterchen, wie kommen Sie zu dieser Freundschaft mit Pugatschow? Wie hat er denn Ihnen nicht den Garaus gemacht? Gut, dem Bösewicht sei auch dafür Dank.“

„Laß das, Alte,“ unterbrach der Priester Gerasim, „du sprichst immer mehr als nötig ist. Aber das viele Reden ist zu nichts nütze. Lieber Herr Peter Andrejewitsch, haben Sie die Güte, treten Sie ein. Lange haben wir Sie nicht gesehen.“

Die Popenfrau bewirtete mich mit allem, was sie hatte und sprach unterdessen ohne Unterlaß. Sie erzählte mir, auf welche Weise Schwabrin sie gezwungen hatte, ihm Marja Iwanowna auszuliefern; wie Marja Iwanowna geweint hätte und sich nicht von ihnen trennen wollte; wie Marja Iwanowna es verstand, in ständiger Verbindung durch Palaschka zu bleiben (ein geschicktes Mädchen, die selbst den Unteroffizier nach ihrer Pfeife tanzen läßt), wie sie Marja Iwanowna geraten hätte, mir einen Brief zu schreiben und so weiter. Als die Reihe an mich kam, erzählte ich ihr in Kürze meine Geschichte. Als der Priester und seine Frau zu hören bekamen, daß Pugatschow ihr Betrug bekannt sei, bekreuzigten sie sich.

„Mit uns ist die Kraft des Kreuzes!“ sprach Akulina Pamphilowna. „Möge Gott auch die letzte Wolke verüberziehen lassen. Ja, ja, Alexander Iwanowitsch, nicht zu sagen, ein sauberer Vogel!“

In dieser Minute öffnete sich die Tür und mit einem Lächeln auf ihrem bleichen Gesicht trat Marja Iwanowna ein. Ihre Bauernkleider hatte sie ausgezogen und war wie früher schlicht und lieb gekleidet.

Ich ergriff ihre Hand und konnte nichts reden. Wir schwiegen beide aus vollem Herzen. Unsere Wirte fühlten, daß es uns jetzt nicht um sie zu tun war und verließen uns. Wie blieben allein. Alles war vergessen. Wir sprachen und konnten nicht genug sprechen. Marja Iwanowna berichtete mir alles, was mit ihr seit der Einnahme der Festung geschehen war, beschrieb mir das ganze Entsetzen ihrer Lage und all die Martern, denen sie der schurkige Schwabrin unterwarf und wir gedachten der früheren glücklichen Zeit, – wir weinten beide ... Schließlich erklärte ich ihr, was ich im Sinne hatte. In der Festung, die Pugatschow unterworfen war und von Schwabrin befehligt wurde, zu bleiben, war unmöglich. Gleichfalls unmöglich war's, an Orenburg zu denken, in dem jetzt alle Schrecken der Belagerung wüteten. Sie hatte auf der ganzen Welt keinen verwandten Menschen mehr. Ich schlug ihr vor, zu meinen Eltern ins Dorf zu fahren. Sie schwankte anfangs; die ihr bekannte Abneigung meines Vaters gegen sie erschreckte sie. Ich beruhigte sie. Ich wußte, daß mein Vater es für ein Glück und seine heilige Pflicht erachten würde, die Tochter eines verdienstvollen Kriegers, der für sein Vaterland gestorben war, bei sich aufzunehmen.

„Liebe Marja Iwanowna!" sagte ich zum Schluß, „du bist jetzt so gut wie mein Weib. Wunderbare Begebnisse haben uns untrennbar vereinigt; nichts auf Erden mehr vermag uns zu scheiden."

Und Marja Iwanowna hörte mich schlicht, ohne gekünstelte Schüchternheit, ohne alberne Ziererei an ... Auch sie fühlte, daß ihr Schicksal mit dem meinen verbunden wäre. Doch sie wiederholte, daß sie ohne den Segen meiner Eltern nicht mein Weib werden könnte. Ich widersprach ihr nicht mehr. Wir küßten uns heiß und aufrichtig und alles war auf diese Weise zwischen uns entschieden.

Etwa nach einer Stunde brachte mir der Urjädnik den Paß, auf dem ich in unlesbaren Krähenfüßchen Pugatschows Unterschrift fand, und rief mich zu ihm. Reisefertig traf ich ihn an. Ich vermag nicht zu schildern, was ich fühlte, als ich von diesem furchtbaren Menschen schied, diesem Ungeheuer, diesem Bösewicht gegen alle, mich allein ausgenommen. Warum nicht die Wahrheit sagen? In dieser Minute zog mich ein mächtiges Mitgefühl zu ihm. Ich wünschte heiß, ihn aus diesem Haufen von Schurken zu reißen, deren Anführer er war, um seinen Kopf noch rechtzeitig zu retten. Schwabrin und das Volk, das sich um uns drängte, hinderte mich, all das auszusprechen, wovon mein Herz erfüllt war.

Wir schieden freundschaftlich. Als Pugatschow in der Menge Akulina Pamphilowna erblickte, drohte er ihr mit dem Finger und blinzelte ihr bedeutungsvoll zu, dann setzte er sich in den Wagen, befahl ins Lager zurückzukehren, doch als die Pferde anzogen, lehnte er sich noch einmal aus dem Wagen und schrie mir zu:

„Leb wohl, Euer Wohlgeboren! Vielleicht sehen wir uns einmal wieder."

Und wir sahen uns tatsächlich wieder – aber doch unter welchen Umständen! ...

Pugatschow war fortgefahren. Lange schaute ich in die weiße Steppe, über die seine Troika hinflog. Das Volk verlief sich. Schwabrin war verschwunden. Ich kehrte in das Haus des Priesters zurück. Alles stand zu unserer Abfahrt bereit, ich wollt nicht länger zaudern. Unser Eigentum war im alten Wagen des Kommandanten verpackt. Im Nu spannten die Fuhrleute die Pferde ein. Marja Iwanowna ging, von den Gräbern ihrer Eltern Abschied zu nehmen, die sich hinter der Kirche befanden. Ich wollte sie begleiten, doch sie bat mich, sie allein zu lassen. Nach einigen Minuten kehrte sie zurück und weinte stille Tränen. Unser Wagen fuhr vor. Vater Gerasim und seine Frau kamen auf die Treppe heraus. Im Wagen nahmen wir zu dritt Platz: Marja Iwanowna, Palaschka und ich, Saweljitsch kroch auf den Bock.

„Leb wohl, mein Täubchen Marja Iwanowna! Leben Sie wohl, Peter Andrejewitsch, unser lichter Falke!" rief die gute Popenfrau. „Glückliche Reise und gebe Gott Ihnen seinen Segen!"

Wir fuhren ab. Am Fenster des Kommandantenhauses sah ich Schwabrin stehen. Aus seinem Gesicht sprach finsterer Haß. Ich wollte nicht über den vernichteten Feind triumphieren und wandte mich ab. Endlich fuhren wir durch das Tor und verließen für immer die Festung Bjelogorsk.

Dreizehntes Kapitel

Der Arrest

„Erzürnen Sie nicht, Herr. Pflicht ist es, die mich zwingt,
Daß man Sie augenblicks in das Gefängnis bringt!“
„Ich bin bereit, beliebt's, doch hoff' ich, Sie verwehren
Mir nicht, den Vorfall erst vor Ihnen aufzuklären.“

Kujaschnin

Die unerwartete Vereinigung mit dem geliebten Mädchen, dessen Schicksal mich noch am Morgen mit qualvoller Unruhe erfüllt hatte, schien mir kaum glaublich, sie kam mir wie ein leeres Traumbild vor. Gedankenvoll sah Marja Iwanowna bald auf mich, bald auf den Weg und schien noch immer nicht zu sich gekommen zu sein. Wir schwiegen. Unsere Herzen waren zu ermattet. Fast ohne daß wir es bemerkten, kamen wir nach zwei Stunden in der nächsten Festung an, die gleichfalls Pugatschow untertan war. Hier wechselten wir die Pferde. An der Schnelligkeit, mit welcher sie eingespannt wurden, an der Dienstfertigkeit des bärtigen Kosaken, den Pugatschow zum Kommandanten ernannt hatte, erkannte ich, daß der Fuhrmann, der uns hierher geführt, geschwatzt haben mußte, und daß man mich für einen Höfling oder Günstling des Machthabers hielt.

Wir begaben uns weiter. Es dämmerte. Wir näherten uns einem Städtchen, wo wir nach den Worten des bärtigen Kommandanten eine starke Truppenabteilung antreffen würden, die zu dem Usurpator stoßen sollte. Wir wurden von den Wachen angerufen. Auf die Frage „Wer da“ antwortete der Fuhrmann laut: „Des Kaisers Gevatter und seine Hausfrau.“ Plötzlich umringte uns ein Haufen Husaren, die fürchterlich schimpften.

„Steig aus, Gevatter des Teufels!“ rief mir ein schnauzbärtiger Wachtmeister zu, „jetzt heizen wir dir und deiner Hausfrau das Bad.“

Ich stieg aus dem Wagen und verlangte, daß man mich vor den Anführer bringen sollte. Da sie einen Offizier in mir erkannten, stellten die Soldaten ihr Schimpfen ein. Der Wachtmeister führte mich zum Major. Saweljitsch blieb keinen Schritt zurück und murmelte unzufrieden: „Kaisers Gevatter! Aus dem Regen in die Traufe ... Mein Gott, wie soll das bloß enden?“ Unser Wagen fuhr uns im Schritt nach.

Nach fünf Minuten hielten wir vor einem hellerleuchteten Häuschen. Der Wachtmeister ließ eine Wache bei mir zurück und ging, mich zu melden. Er kehrte sofort zurück und teilte mir mit, daß Seine Hochwohlgeboren mich nicht empfangen könnten, aber befohlen hätten, mich ins Gefängnis zu bringen, meine Hausfrau jedoch vorzuführen.

„Was soll das heißen?“ fuhr ich wütend auf, „ist er denn verrückt geworden?“

„Das kann ich nicht wissen. Euer Wohlgeboren“, meinte der Wachtmeister, „Seine Hochwohlgeboren haben nur befohlen, Eure Wohlgeboren ins Gefängnis zu bringen, Ihre Wohlgeboren jedoch vor Seine Hochwohlgeboren zu führen, Euer Wohlgeboren!“

Flugs eilte ich die Treppe hinauf. Die Wachen dachten gar nicht daran, mich zurückzuhalten und ich lief geradewegs in das Zimmer, wo etwa sechs Husarenoffiziere Karte spielten. Der Major hielt die Bank. Wie groß war meine Verwunderung, als ich ihn ansah und Iwan Iwanowitsch Surin erkannte, der mir vormals im Gasthaus von Simbirsk so viel Geld abgewonnen hatte!

„Ist es möglich?“ schrie ich, „Iwan Iwanowitsch, bist du's etwa?“

„Bah, bah, bah, Peter Andrejewitsch! Wie kommst du hierher und woher? Guten Tag, Bruder! Willst du nicht eine Karte setzen?“

„Besten Dank. Aber laß mir lieber ein Quartier anweisen.“

„Ein Quartier? Bleib bei mir.“

„Unmöglich, ich bin nicht allein.“

„Dann führ deinen Kameraden herein.“

„Ich bin mit keinem Kameraden. Ich ... bin mit einer Dame.“

„Mit einer Dame! Wo hast du denn die aufgegabelt? Schau, schau, Brüderchen!“

Und bei diesen Worten pfiff Surin so ausdrucksvoll, daß alle lachten und ich vollständig verlegen wurde.

„Nun,“ setzte Surin fort, „sei's denn. Und du sollst dein Quartier bekommen. Schade ... wir hätten so schön zechen können wie früher ... He, Junge! Ja, wo bleibt denn die Gevatterin des Pugatschow? Ist sie störrisch? Sag ihr, sie braucht mich nicht zu fürchten; der Herr wäre sehr nett und würde sie durchaus nicht beleidigen – und bringe sie gleich hierher."

„Was hast du vor?" fragte ich Surin, „und was heißt das: Pugatschows Gevatterin? Es ist die Tochter des verstorbenen Hauptmanns Mironow. Ich habe sie aus der Gefangenschaft befreit und begleite sie nun auf das Gut meines Vaters, um sie dort unterzubringen."

„Wie? So hat man dich soeben gemeldet? Ja, was hat denn das alles zu bedeuten?"

„Das will ich dir später erzählen. Jetzt aber um Gottes willen beruhige das arme Mädchen, das deine Husaren erschreckt haben."

Surin traf sofort seine Anordnungen. Er eilte selber auf die Straße, um sich vor Marja Iwanowna des Mißverständnisses wegen zu entschuldigen und befahl dem Wachtmeister, ihr das beste Quartier in der ganzen Stadt anzuweisen. Ich selber blieb bei ihm zur Nacht.

Nachdem wir zu Abend gegessen hatten und allein waren, erzählte ich ihm meine Abenteuer. Surin hörte mich mit großer Aufmerksamkeit an. Als ich zu Ende war, schüttelte er den Kopf und sagte:

„Das ist ja alles ganz gut, Bruder, nur eins ist schlecht: welcher Teufel reitet dich, heiraten zu wollen? Ich bin ein ehrlicher Offizier und will dir nichts vormachen; aber glaube mir, die Ehe ist Blague. Was sollst du mit einem Weibe und mit Kindern, die man warten muß? Spuck darauf. Hör meinen Rat: binde dich nicht mit der Tochter des Hauptmanns. Den Weg nach Simbirsk habe ich gesäubert und er ist jetzt gefahrlos. Schicke sie morgen allein zu deinen Eltern, du aber bleib hier und tritt in meine Abteilung ein. Nach Orenburg zurückkehren ist unnütz. Du könntest wieder in die Hände der Aufrührer fallen und ihnen diesmal kaum entwischen. Auf diese Weise wird deine ganze verliebte Torheit von selber vergehen und alles wird gut enden."

Wenn ich auch nicht ganz mit ihm einverstanden war, fühlte ich doch, daß das Gebot der Ehre meine Anwesenheit im Heere der Kaiserin erheische. Ich beschloß Surins Rat zu befolgen: Marja Iwanowna ins Dorf zu schicken und selber in seine Abteilung einzutreten.

Saweljitsch erschien, mich auszukleiden; ich erklärte ihm, daß er sich am nächsten Tage mit Marja Iwanowna auf den Weg machen müsse. Er wollte aufbegehren.

„Was Herr? Ich sollte dich verlassen? Wer wird denn auf dich acht geben? Was werden deine Eltern sagen?"

Da ich die Hartnäckigkeit meines Dieners kannte, beschloß ich, ihn durch Freundlichkeit und Aufrichtigkeit zu überzeugen.

„Mein lieber Freund Archip Saweljitsch!" sagte ich. „Sei mein Wohltäter und schlage es mir nicht ab; ich habe hier keinen Diener nötig, werde aber unruhig sein, wenn Marja Iwanowna sich ohne dich auf den Weg machen würde. Wenn du ihr dienst, dienst du auch mir, denn ich bin fest entschlossen, sie, sobald es die Verhältnisse erlauben, zu heiraten."

Saweljitsch schlug die Hände mit einem Ausdruck unsagbaren Erstaunens zusammen.

„Heiraten!" wiederholte er, „heiraten will das Kind, und was wird der Vater dazu sagen und was wird die Mutter davon denken?"

„Werden einwilligen, werden ganz sicher einwilligen," antwortete ich, „sobald sie nur Marja Iwanowna kennen. Ich verlasse mich auf dich. Vater und Mutter glauben dir; und du mußt unser Fürsprecher werden, nicht wahr?"

Dies rührte den Alten.

„Ach Väterchen Peter Andrejewitsch!" antwortete er. „Es ist sehr früh für dich zu heiraten. Aber Marja Iwanowna ist ein so gutes Fräulein, daß es Sünde wär, die Gelegenheit verstreichen zu lassen. Sei's wie du willst! Ich will sie begleiten, diesen Engel Gottes, und deinen Eltern in aller Unterwürfigkeit mitteilen, daß solch eine Braut keine Mitgift nötig hat."

Ich dankte Saweljitsch und legte mich in Surins Zimmer schlafen. Ich war so aufgeregt, daß ich reden mußte. Surin unterhielt sich anfangs mit großem Vergnügen, allmählich jedoch wurden seine Worte seltener und zusammenhangsloser; endlich hörte ich ihn als Antwort auf irgend eine Frage schnarchen und mit pfeifendem Geräusch tief atmen. Ich verstummte und muß bald darauf seinem Beispiel gefolgt sein.

Am Morgen des nächsten Tages ging ich zu Marja Iwanowna. Ich teilte ihr mein Vorhaben mit. Auch sie hielt es für vernünftig und war sofort mit mir einverstanden. Surins Abteilung sollte die Stadt schon an diesem Tage verlassen. Es durfte nicht gezaudert werden. Ich verabschiedete mich von Marja Iwanowna, vertraute sie Saweljitsch an und gab ihr einen Brief an meine Eltern mit. Marja Iwanowna weinte.

„Leben Sie wohl, Peter Andrejewitsch,“ sagte sie leise, „ob wir uns wiedersehen oder nicht, weiß nur Gott, nie aber werde ich Sie vergessen, bis ins Grab hinein bleibst du allein in meinem Herzen.“

Ich vermochte nichts zu erwidern. Es kamen Leute. Vor ihnen wollte ich mich nicht den Gefühlen hingeben, die mich bewegten. So fuhr sie fort. Ich kehrte zu Surin traurig und schweigsam zurück. Er wollte mich aufheitern und auch ich gedachte mich zu zerstreuen; lärmend und wild verbrachten wir den Tag und am Abend machten wir uns auf den Marsch.

Das alles geschah Ende Februar. Der Winter, der alle militärischen Aktionen gehemmt hatte, verging und unsere Generale bereiteten sich zu einer gemeinsamen Aktion vor. Pugatschow stand noch immer vor Orenburg. Unterdessen vereinigten sich in der Nähe die Truppen und marschierten von allen Seiten auf das Räuberlager los. Die Dörfer der Meuterer kehrten beim Anblick unserer Truppen zum Gehorsam zurück; die Räuberscharen flohen und alles verhieß eine rasche und glückliche Beendigung des Krieges.

Unterdessen hatte auch Fürst Galizin Pugatschow vor der Festung Tatischtschewo geschlagen, seine Scharen zerstreut, Orenburg befreit und den Aufruhr, wie es schien, entscheidend niedergeschlagen. Gleichzeitig war Surin gegen eine Rotte meuternder Baschkiren geschickt worden, die sich allerdings noch ehe wir sie sahen, zerstreut hatten. Der Frühling bannte uns in ein Tatarendörfchen. Die Flüsse traten aus und die Wege wurden ungangbar. In unserer Untätigkeit tröstete uns der Gedanke an das baldige Ende dieses langweiligen Guerillakrieges mit Räubern und Wilden.

Pugatschow aber wurde nicht gefangen. Er tauchte in den Fabrikdörfern Sibiriens auf, sammelte dort neue Banden und begann wieder seine Raubzüge. Und wieder ging das Gerücht von seinen Erfolgen um. Wir erhielten Kunde von der Zerstörung sibirischer Festungen. Bald kam die Nachricht von der Einnahme Kasans, sowie von des Usurpators Marsch auf Moskau und weckte die Truppenführer, die sich, in der Hoffnung auf die Schwäche des verachteten Aufrührers, der Ruhe hingegeben hatten.

Surin erhielt Befehl, über die Wolga zu setzen und nach Simbirsk zu eilen, wo die Flamme des Aufruhrs bereits um sich griff. Der Gedanke, daß es mir vielleicht glücken würde, das Dorf der Meinigen aufzusuchen, die Eltern zu umarmen und Marja Iwanowna wiederzusehen, erfüllte mich mit großer Freude. Ich tanzte herum wie ein Kind, umarmte Surin und wiederholte: „Nach Simbirsk! Nach Simbirsk!" Surin seufzte, zuckte die Achseln und sprach: „Nein, dir wird es nie gutgehen. Du wirst heiraten und um nichts und wieder nichts verderben."

Wir näherten uns dem Wolgaufer. Unser Regiment erreichte das Dorf *** und schlug dort sein Nachtquartier auf. Am Morgen des nächsten Tages hatten wir vor, den Fluß zu überschreiten. Der Dorfälteste teilte mir mit, daß an jenem Ufer alle Dörfer meuterten; die Scharen Pugatschows zögen durch das Land.

Diese Nachricht erregte mich sehr.

Große Ungeduld bemächtigte sich meiner, sie ließ mir keine Ruhe. Das Dorf meines Vaters lag etwa dreißig Werst vom andern Flußufer entfernt. Ich zog Erkundigungen ein, ob sich nicht jemand fände, der mich über den Fluß zu setzen bereit wäre. Alle Bauern waren Fischer; Kähne waren genug da. Ich ging zu Surin und erzählte ihm mein Vorhaben.

„Gib acht," sagte er mir, „es ist gefährlich, allein zu reisen. Wart bis zum Morgen. Wir wollen als erste über den Fluß setzen und dann deine Eltern besuchen, aber fünfzig Husaren nehmen wir auf alle Fälle mit."

Aber ich blieb bei meinem Plane. Das Boot war bald bereit. Ich und zwei Fährleute nahmen in ihm Platz. Sie stießen ab und ruderten kräftig.

Der Himmel war klar, der Mond schien, das Wetter war ruhig. Die Wolga strömte langsam und ruhig dahin. Leise schaukelnd glitt das Boot über die Oberfläche des dunklen Wassers. Eine halbe Stunde verging. Ich versank in phantastische Träumereien; die Ruhe der Natur, die politischen Schrecken, die Liebe und andere ... Wir erreichten die Mitte des Stromes ... Plötzlich fingen die Fährleute untereinander zu flüstern an.

„Was ist los", fragte ich neugierig.

„Wir wissen nicht, Gott weiß", antworteten die Schiffer und schauten zur Seite.

Meine Blicke gingen nach derselben Richtung und ich sah in der Finsternis etwas die Wolga herabschwimmen. Der unbekannte Gegenstand näherte sich, ich befahl den Fährleuten zu halten und ihn zu erwarten.

Eine Wolke verdunkelte den Mond. Die schwimmende Erscheinung wurde immer dunkler. Sie war schon nahe, ich konnte aber immer noch nichts erkennen.

„Was das bloß sein könnte", fragten die Fährleute: „ein Segel ist es nicht, ein Mast auch nicht."

Plötzlich trat der Mond wieder hervor und beschien ein furchtbares Bild. Uns entgegen trieb ein Galgen, der auf einem Floß errichtet war. Drei Körper hingen am Querbalken. Krankhafte Neugier bemächtigte sich meiner. Ich wollte die Gesichter der Gehängten sehen. Auf meinen Befehl hielten die Fährleute das Floß mit einem Haken an und mein Boot stieß an den schwimmenden Galgen. Ich sprang heraus und befand mich zwischen diesen entsetzlichen Pfosten. Auf die entstellten Gesichter der Unglücklichen fiel volles Mondlicht ... Einer von ihnen war ein alter Tschuwasche, der zweite ein starker und gesunder russischer Bauer von etwa zwanzig Jahren. Als ich jedoch den dritten erblickte, erfaßte mich eine plötzliche Bewegung und ich konnte einen Ausruf des Mitleids nicht unterdrücken: es war Wanja, mein armer Wanja, der sich aus Dummheit Pugatschow angeschlossen hatte. Über ihnen war ein schwarzes Brett befestigt, auf dem in weißen, riesigen Buchstaben zu lesen stand: „Diebe und Aufrührer." Gleichmütig erwarteten mich die Fährleute, die das Floß noch immer anhielten. Ich setzte mich wieder in mein Boot. Das Floß trieb weiter den Fluß hinab. Und der Galgen war noch lange in der Finsternis sichtbar. Endlich verschwand er, mein Boot legte am hohen und steilen Ufer an.

Ich belohnte die Fährleute reichlich. Einer von ihnen führte mich zum Ältesten des Dorfes, das an der Landungsstelle lag. Ich betrat gleichzeitig mit ihm die Hütte. Als der Starost hörte, daß ich Pferde verlangte, wollte er mich ziemlich grob empfangen, aber mein Führer sagte ihm leise einige Worte und seine Unverschämtheit verwandelte sich im Nu in Diensteifer. Nach einem Augenblick stand die Troika bereit. Ich setzte mich in den Wagen und befahl, mich in unser Dorf zu bringen.

Wir jagten über die große Straße, an schlafenden Dörfern vorbei. Ich fürchtete mich, auf dem Wege angehalten zu werden. Wenn meine nächtliche Begegnung die Nähe der Aufrührer bewies, so sprach sie doch gleichfalls von der mächtigen Gegenwehr der Regierung. In jedem Falle trug ich den Paß, den mir Pugatschow gegeben, wie auch des Obersten Surin Ordre bei mir in der Tasche. Doch niemand begegnete mir und gegen Morgen sah ich den Fluß und den

Tannenhain, hinter denen sich unser Dorf befand. Der Kutscher gebrauchte die Peitsche und schon nach einer Viertelstunde fuhr ich in *** ein. Das Herrenhaus war am andern Ende des Dorfes. Die Pferde sausten nur so dahin. Plötzlich begann der Fuhrmann sie inmitten der Straße zurückzuhalten.

„Was ist los!“ fragte ich ungeduldig.

„Ein Schlagbaum, Herr,“ antwortete der Fuhrmann, der seine feurigen Pferde nur mit Mühe zügeln konnte.

Und tatsächlich sah ich einen Schlagbaum und daneben eine Schildwache mit einem ungeheuren Knüttel. Der Bauer trat an mich heran, nahm die Mütze ab und fragte nach meinem Paß.

„Was soll das heißen?“ fragte ich ihn. „Warum ist hier ein Schlagbaum, was gibt es hier zu bewachen.“

„Ja, das ist so, Väterchen, wir haben uns nun mal empört,“ antwortete er und kratzte sich den Kopf.

„Und wo ist eure Herrschaft,“ fragte ich weiter und mein Herzschlag stockte.

„Ja, wo soll unsere Herrschaft sein?“ meinte der Bauer: „unsere Herrschaft ist auf dem Kornspeicher.“

„Was heißt im Speicher?“

„Ja, Andrjuschka hat sie eben dort eingesperrt und will sie vor den Kaiser führen!“

„Mein Gott! Öffne den Schlagbaum, Esel! Was zögerst du noch?“

Der Wachthabende zauderte. Ich sprang aus dem Wagen, schlug ihm eins in die Fresse (Verzeihung) und öffnete den Schlagbaum selber. Der Bauer sah mich so dumm an, als ob er nichts begreife. Ich aber setzte mich wieder in den Wagen und befahl so rasch wie möglich nach dem Herrenhause zu fahren. Der Kornspeicher befand sich auf dem Hofe. Vor seiner verschlossenen Tür standen zwei Bauern mit Knütteln. Der Wagen hielt gerade vor ihnen. Ich sprang heraus und eilte auf sie zu.

„Mach die Türe auf!“ schrie ich.

Augenscheinlich war mein Anblick furchtbar, denn die beiden flüchteten und warfen die Knüttel weg. Ich versuchte das Schloß zu zerschlagen oder herauszubrechen; aber die Tür war aus Eichenholz und das starke Schloß unzerstörbar. In dieser Minute kam ein junger Bauer aus der Gesindehütte und fragte mich mit hochmütiger Miene, wie ich dazu käme, hier zu lärmen.

„Wo ist Andrjuschka?“ schrie ich: „man rufe ihn augenblicklich her!“

„Ich heiße Andrej Afanasjewitsch und nicht Andrjuschka“, entgegnete er mir und stemmte stolz die Arme in die Seite: „was beliebt?“

Anstatt einer Antwort, packte ich ihn am Kragen, riß ihn an die Speichertür und befahl ihm, aufzuschließen. Andrjuschka, der zudem noch Gemeindeschreiber war, wollte störrisch werden; aber eine *väterliche* Züchtigung verfehlte nicht, auch auf ihn Eindruck zu machen. Er zog den Schlüssel hervor und öffnete den Speicher. Ich stürzte über die Schwelle und sah Vater und Mutter in einer dunklen Ecke sitzen, die von einer schmalen Öffnung in der Decke nur schwach erleuchtet wurde. Ihre Hände waren gebunden und an den Füßen hatten sie Klötze. Ich eilte sie zu umarmen und konnte kein Wort sprechen. Beide sahen mich verwundert an: drei Jahre kriegerischen Lebens hatten mich verändert, so daß sie mich nicht erkennen konnten.

Plötzlich hörte ich eine liebe, bekannte Stimme.

„Peter Andrejewitsch, sind Sie's?“

Ich schaute mich um und gewahrte Marja Iwanowna, die gleichfalls gebunden in einer andern Ecke saß. Ich war starr. Der Vater sah mich schweigend an und wollte kaum seinen Augen traun, sein Gesicht strahlte vor Freude.

„Willkommen, willkommen, Peter!“ sagte er und preßte mich an seine Brust: „Gott sei Dank, daß du gekommen bist.“

Die Mutter seufzte und wurde von Tränen überströmt.

„Petruschka, mein Sohn!“ sagte die Mutter: „wie hat Gott dich hergeführt? Bist du gesund?“

Ich beeilte mich mit dem Säbel ihre Banden zu zerschneiden und sie aus ihrer Haft zu befreien; als ich jedoch an die Türe herantrat, fand ich sie wieder verschlossen.

„Andrjuschka!“ schrie ich: „aufgemacht!“

„Wie das aufgemacht!“ hörte ich hinter der Türe den Gemeindeschreiber sagen, „jetzt kannst du selber drin bleiben! Ich will dich lehren zu lärmen und kaiserliche Beamte am Kragen zu packen!“

Ich begann den Speicher zu besichtigen und suchte, ob man nicht irgendwie aus ihm herauskommen könnte.

„Du mühst dich umsonst“, sagte mir der Vater: „ich bin nicht solch ein Hausherr, in dessen Speichern man auf Diebeswegen ein- und ausgehen kann.“

Meine Mutter, die sich über mein Erscheinen im ersten Augenblick so gefreut hatte, verfiel wieder in ihre Verzweiflung, als sie sah, daß auch ich das Verderben der ganzen Familie teilen müßte. Ich aber war ruhiger, seit ich mit ihr und Marja Iwanowna zusammen war. Ich hatte einen Säbel und zwei Pistolen. Eine Belagerung konnte ich also aushalten. Gegen Abend mußte Surin kommen und uns befreien. Ich teilte das meinen Eltern mit und vermochte die Mutter und Marja Iwanowna zu beruhigen. Sie gaben sich ganz der Freude des Wiedersehens hin und einige Stunden vergingen unmerklich in langen Gesprächen und gegenseitigen Liebkosungen.

„Nun, Peter,“ sagte mein Vater, „du hast viel Torheiten gemacht. Und ich war auf dich sehr böse. Aber es lohnt sich nicht, an das Vergangene zu denken. Ich hoffe, daß du dich jetzt gebessert hast und daß deine Teufel aus dir gefahren sind. Auch weiß ich, daß du im Dienst warst, wie es einem braven Offizier geziemt. Hab dafür Dank, es war mir altem Manne ein Trost. Und sollte ich dir meine Rettung verdanken, so wird mir das Leben doppelt angenehm sein.“

Ich küßte unter Tränen seine Hand und sah Marja Iwanowna an, die sich über meine Anwesenheit so freute, daß man glauben konnte, sie sei völlig glücklich und heiter.

Gegen Mittag hörten wir ungewöhnlichen Lärm und Schreie.

„Was bedeutet das?“ sagte mein Vater. „Ist nicht dein Oberst schon gekommen?“

„Ganz ausgeschlossen,“ entgegnete ich, „er kann vor Abend unmöglich hier sein.“

Der Lärm wurde stärker. Die Glocken läuteten Sturm. Reiter sprengten über den Hof. In diesem Moment erschien in einer engen Öffnung, die in die Wand gehauen war, Saweljitschs grauer Kopf und der Ärmste sprach mit jammernder Stimme:

„Andrej Petrowitsch! Väterchen Andrejewitsch! Marja Iwanowna, welches Unglück! Die Hunde sind in das Dorf gedrungen. Und weißt du auch, Peter Andrejewitsch, wer sie hergeführt hat? Alexej Iwanowitsch Schwabrin, der Teufel soll ihn holen!“

Als Marja Iwanowna den verhaßten Namen hörte, schlug sie die Hände zusammen und blieb regungslos stehen.

„Höre!“ sagte ich zu Saweljitsch, „irgend jemand muß sofort zum Flußübergang reiten, dem Husarenregiment entgegen, um den Oberst von unserer Gefahr zu unterrichten.“

„Aber wen soll ich schicken, Herr? Alle Burschen meutern und die Pferde sind alle konfisziert. O weh! o weh! da sind sie schon auf dem Hof! Sie kommen zum Speicher.“

Gleichzeitig erklangen vor der Tür einige Stimmen. Ich wies meine Mutter und Marja an, sich in einen Winkel zurückzuziehen, zog meinen Säbel und lehnte mich an die Wand dicht neben der Türe. Der Vater nahm die Pistolen, spannte sie beide und stellte sich neben mich. Das Schloß knarrte, die Tür ging auf, und der Kopf des Gemeindeschreibers zeigte sich. Ich schlug ihn mit dem Säbel zu Boden, er fiel so, daß er den Eingang versperrte. Gleichzeitig schoß mein Vater aus der einen Pistole in die Türöffnung. Die uns belagernde Menge entfloh unter Verwünschungen. Ich schloß die Tür, nachdem ich den Gefangenen über die Schwelle hereingezogen hatte.

Im Hofe drängten sich bewaffnete Leute. Schwabrin unter ihnen.

„Fürchtet euch nicht“, sagte ich zu den Frauen: „noch ist Hoffnung. Sie aber, Vater, würden gut tun, nicht wieder zu schießen. Wollen wir die letzte Ladung aufsparen.“

Schweigend betete meine Mutter. Neben ihr stand Marja Iwanowna und erwartete in engelhafter Ruhe die Entscheidung ihres Schicksals. Hinter der Türe hörten wir Drohen, Schimpfen und Fluchen. Ich stand auf meinem Platze bereit, dem ersten Wagehals eins mit dem Säbel zu versetzen. Plötzlich verstummten die Schufte. Ich hörte Schwabrins Stimme meinen Namen rufen.

„Ich bin hier.“

„Was willst du?“

„Grinjew, ergib dich: Widerstand zu leisten ist unmöglich. Verschone deine alten Eltern. Hartnäckigkeit wird dich nicht retten. Ich werde doch über euch kommen."

„Versuch's, Verräter!"

„Ich werde weder mein eigenes Leben aufs Spiel setzen noch meine Leute opfern, aber ich werde den Befehl erteilen, den Speicher anzustecken und dann wollen wir sehen, was du tun wirst, du Bjelogorsker Don Quichote. Jetzt will ich zu Mittag speisen. So lange kannst du nachdenken soviel du Lust hast. Auf Wiedersehen! Vor Ihnen, Marja Iwanowna, entschuldige ich mich nicht: Ihnen ist es vermutlich nicht langweilig, im Dunkeln mit ihrem Ritter zu sein."

Schwabrin entfernte sich und stellte vor der Scheune einen Wachtposten auf. Wir schwiegen. Jeder von uns hatte seine eigenen Gedanken, aber keiner wagte, sie dem andern mitzuteilen. Ich suchte mir alles vorzustellen, wessen der verbitterte Schwabrin fähig war. Um mich war ich nicht besorgt. Und soll ich's gestehn? Auch das Los meiner Eltern entsetzte mich nicht so wie das Schicksal Marja Iwanownas. Ich wußte, daß meine Mutter von den Bäuerinnen und dem Hofgesinde verehrt wurde. Und auch mein Vater war trotz seiner Strenge sehr beliebt, denn er war nicht nur gerecht, sondern kannte auch alle wirklichen Bedürfnisse seiner Leibeigenen. Ihr Aufruhr war eine Verwirrung, eine momentane Trunkenheit, aber kein Zeichen der Empörung. Es war sehr wahrscheinlich, daß die Alten davon kommen würden. Aber Marja Iwanowna? Welches Schicksal hatte ihr der gewissenslose und verworfene Mensch zugedacht! Ich wagte nicht, diesem entsetzlichen Gedanken nachzugehen und war eher bereit (o Gott verzeih mir!), sie zu töten, als sie abermals in den Händen dieses grausamen Feindes zu sehen.

So verging annähernd eine Stunde. Das Dorf hallte wider von den Liedern der Betrunkenen. Unsere Wachtposten beneideten jene, waren wütend auf uns, beschimpften uns und drohten mit Folter und Tod. Wir erwarteten die Ausführung von Schwabrins Drohung. Endlich hörten wir auf dem Hofe große Bewegung und wieder drang Schwabrins Stimme zu uns.

„Nun, habt ihr genug überlegt? Ergebt ihr euch freiwillig?"

Keiner antwortete.

Schwabrin wartete ein wenig, dann befahl er, Stroh herbeizuschaffen. Nach einigen Minuten flammte ein Feuer auf und erleuchtete den dunklen Speicher. Rauch drang durch die Ritzen der Türe.

Da trat Marja Iwanowna an mich heran, nahm meine Hand und sagte leise:

„Genug, Peter Andrejewitsch! Verderben Sie sich und Ihre Eltern nicht um meinetwillen. Schwabrin wird auf mich hören. Lassen Sie mich hinaus!"

„Um keinen Preis!" schrie ich. „Wissen Sie nicht, was Sie erwartet?"

„Ehrlosigkeit überlebe ich nicht," entgegnete sie ruhig, „vielleicht aber gelingt es mir, meinen Erlöser und die Familie zu retten, die so großmütig mich Arme und Verwaiste aufgenommen hat. Leben Sie wohl, Andrej Petrowitsch! Awdotja Wassiljewna, leben Sie wohl! Sie waren für mich viel mehr als Wohltäter. Segnen Sie mich. Und Peter Andrejewitsch leben auch Sie wohl. Glauben Sie daran, daß ... daß ..." Sie weinte und preßte die Hände vors Gesicht. Ich war wie wahnsinnig. Meine Mutter weinte.

„Ach was, Marja Iwanowna," sagte mein Vater, „wer von uns wird dich denn allein zu den Räubern lassen? Bleib hier und schweige. Wenn wir schon sterben müssen, so wollen wir miteinander sterben. Doch höre! Was sprechen sie da noch?"

„Ergebt ihr euch?" schrie Schwabrin, „seht doch, in fünf Minuten seid ihr gebraten."

„Wir ergeben uns nicht, du Hund!" entgegnete ihm mein Vater mit fester Stimme.

Sein mutiges, von Runzeln gefurchtes Gesicht war wunderbar lebendig. Die Augen funkelten unter den grauen Brauen hervor. Dann wandte er sich zu mir und sagte: „Jetzt ist es Zeit!"

Er öffnete die Tür. Feuer schlug herein und ergriff die Balken, die mit trockenem Moose bedeckt waren. Mein Vater schoß, schritt über die lodernde Schwelle und schrie: „Mir nach!" Ich faßte meine Mutter und Marja Iwanowna an den Händen und führte sie schnell an die Luft. Vor der Schwelle lag Schwabrin, den die greise Hand meines Vaters verwundet hatte. Der Empörerhaufen, der bei unserem plötzlichen Ausfall die Flucht ergriffen hatte, gewann seinen Mut zurück und umringte uns. Ich vermochte noch einige Male mit dem Säbel zuzuschlagen; dann aber traf mich ein gutgezielter Ziegelstein gerade auf die Brust. Ich fiel hin und verlor für einen Moment das Bewußtsein;

man umringte und entwaffnete mich. Als ich wieder zu mir kam, erblickte ich Schwabrin, der auf dem blutigen Grase saß; vor ihm standen die Meinen.

Man hielt mich an den Händen fest. Ein Haufen von Kosaken, Bauern und Baschkiren umgab uns. Schwabrin war furchtbar blaß. Mit der einen Hand preßte er seine verwundete Seite. Aus seinem Gesicht sprachen Wut und Qual. Langsam hob er den Kopf, sah mich an und sprach mit schwacher, kaum verständlicher Stimme:

„Hängt ihn ... und alle ... außer ihr ..."

Im Nu umringte uns die Menge und schleppte uns zum Tor. Plötzlich jedoch ließen sie uns frei und flohen: Surin und hinter ihm eine ganze Eskadron stürmten mit gezückten Säbeln durchs Tor.

Die Empörer liefen nach allen Seiten auseinander. Die Husaren verfolgten sie, warfen sie nieder und nahmen sie gefangen. Surin sprang vom Pferde, verneigte sich vor meinem Vater und meiner Mutter und drückte mir fest die Hand.

„Also kam ich doch noch zur rechten Zeit!" sagte er uns: „Ah, da ist ja auch deine Braut!"

Marja Iwanowna errötete bis über die Ohren. Mein Vater trat an ihn heran und sprach ihm ruhig aber gerührt seinen Dank aus. Meine Mutter umarmte ihn und nannte ihn Engel und Erretter.

„Bitte, treten Sie bei uns ein", sagte ihm mein Vater und führte ihn ins Haus.

Als Surin an Schwabrin vorüberging, blieb er stehen.

„Wer ist das", fragte er, den Verwundeten erblickend.

„Der Anführer der Schar selbst", antwortete mein Vater mit einem gewissen Stolze, der den alten Krieger erkennen ließ. „Gott lenkte meine alte Hand, diesen jungen Halunken zu strafen und das Blut meines Sohnes zu rächen."

„Es ist Schwabrin", erklärte ich Surin.

„Schwabrin! Freut mich sehr. Husaren, tragt ihn fort und laßt dem Arzt sagen, daß er ihm die Wunde verbinden und ihn wie seinen Augapfel hüten soll. Schwabrin muß unbedingt vor die geheime Kommission in Kasan. Er ist einer der Hauptprädelsführer und seine Geständnisse werden von Wichtigkeit sein!"

Schwabrin öffnete seine müden Augen. Sein Gesicht drückte nichts als physische Qual aus. Die Husaren trugen ihn auf seinem Mantel fort.

Wir traten ins Zimmer. Zitternd schaute ich mich um und gedachte meiner Jugendjahre. Nichts im Hause hatte sich verändert. Alles stand auf seinem früheren Platz. Schwabrin hatte nicht gestattet, zu plündern: noch in seiner tiefsten Erniedrigung hatte er sich das Gefühl eines unwillkürlichen Abscheus vor ehrloser Gewinnsucht bewahrt.

Im Vorzimmer zeigten sich die Dienstboten. Sie waren nicht am Aufruhr beteiligt und freuten sich von ganzem Herzen über unsere Befreiung. Saweljitsch triumphierte. Man muß wissen, daß er während der allgemeinen Verwirrung, die der Überfall der Räuber verursacht hatte, zum Pferdestall lief, wo Schwabrins Pferd stand, es sattelte, leise hinausführte und dank dem allgemeinen Wirrwarr unbemerkt fortsprengen konnte. Als er das Regiment fand, lagerte es schon auf dieser Seite der Wolga. Auf die Nachricht von unserer Gefahr, befahl Surin aufzusitzen, kommandierte: Marsch, marsch, Galopp! und kam, Gott sei Dank, zur rechten Zeit an.

Surin bestand darauf, daß der Kopf des Dorfschreibers für einige Stunden auf einer Stange neben der Schenke zur Schau gestellt werden sollte.

Die Husaren kehrten von der Verfolgung zurück und brachten einige Gefangene mit. Man sperrte sie in denselben Speicher, in welchem wir unsere denkwürdige Belagerung ausgehalten hatten. Darauf zogen wir uns, jeder in sein Zimmer, zurück. Die Alten hatten Ruhe nötig. Da ich die ganze Nacht nicht geschlafen hatte, warf ich mich auf mein Bett und schlief fest ein. Surin traf seine Anordnungen.

Abends versammelten wir uns im Gastzimmer vor dem Samowar und sprachen fröhlich von der vorübergezogenen Gefahr. Marja Iwanowna bereitete den Tee. Ich setzte mich neben sie und widmete mich ihr ausschließlich. Meine Eltern schienen wohlwollend auf die Zärtlichkeit unserer beider Empfindungen zu schauen. Und noch heute lebt dieser Abend in meiner Erinnerung. Ich war glücklich, völlig glücklich; und gibt es denn viele solche Augenblicke in dem armen Menschenleben?

Am andern Tage meldete man dem Vater, daß die Bauern mit der Bitte um Verzeihung auf dem Gutshofe erschienen wären. Mein Vater schritt zu ihnen hinaus. Bei seinem Erscheinen fielen sie auf die Knie.

„Nun, ihr Esel,“ sagte er ihnen, „warum wolltet ihr Euch empören?“

„Wir sind schuldig, Herr“, antworteten sie wie aus einem Munde.

„Eben, schuldig! Erst dumme Streiche machen und sich dann nicht einmal darüber freuen können! Ich verzeih euch, weil mich Gott mit meinem Sohn Peter Andrejewitsch wieder zusammengeführt hat. Nun gut, ein reuiges Haupt schlägt man nicht ab."

„Wir sind schuldig, wir sind schuldig!"

„Gott gab schönes Wetter. Es ist Zeit, das Heu einzufahren. Was habt ihr Esel drei Tage lang getan? Starost! Daß jeder das Heu einfahren geht; und sieh zu, rote Bestie, daß mir zu Johanni das ganze Heu in den Scheuern ist! Packt euch!"

Die Bauern verbeugten sich und gingen arbeiten, als ob nichts geschehen wäre.

Schwabrins Wunde erwies sich nicht als tödlich. Unter Reiterbedeckung wurde er nach Kasan gebracht. Ich sah vom Fenster aus, wie man ihn in den Wagen legte. Unsere Blicke trafen sich. Er senkte den Kopf und ich verließ eiligst das Fenster; ich wollte mir nicht den Anschein geben, als triumphierte ich über die Erniedrigung und das Unglück meines Gegners.

Surin begab sich weiter. Ich entschloß mich, ihm zu folgen, trotz meines Verlangens, noch einige Tage bei den Meinen zu verbringen. Am Vorabend des Marsches ging ich zu meinen Eltern, fiel ihnen nach damaliger Sitte zu Füßen und bat sie um ihren Segen zu meiner Ehe mit Marja Iwanowna. Die Alten hoben mich auf und gaben mir unter Freudentränen ihre Einwilligung. Ich führte die blasse und zitternde Marja Iwanowna vor sie. Sie segneten uns. Was ich dabei fühlte, will ich nicht beschreiben. Wer sich je in meiner Lage befand, wird mich ohnedies verstehen. Wer aber nicht das Glück hatte, den kann ich nur beklagen und ihm raten, sich, solange es noch Zeit ist, zu verlieben und von den Eltern den Segen zu erhalten.

Am folgenden Tage versammelte sich das Regiment. Surin verabschiedete sich von den Meinen. Wir alle waren überzeugt, daß die militärischen Aktionen bald eingestellt würden. Und schon in einem Monat hoffte ich Gatte zu sein. Als Marja Iwanowna sich von mir verabschiedete, küßte sie mich vor allen. Ich stieg in den Wagen. Saweljitsch folgte mir wieder, das Regiment setzte sich in Bewegung. Lange blickte ich auf unser Gutshaus zurück, das ich nun von neuem verlassen mußte. Ein dunkles Vorgefühl beunruhigte mich. Irgend etwas flüsterte mir zu, daß noch nicht alles Unglück an mir vorübergezogen sei. Mein Herz ahnte neuen Sturm.

Ich will hier nicht unsern Feldzug und das Ende des Kampfes mit Pugatschow beschreiben. Wir zogen durch Ansiedelungen, die Pugatschow verwüstet hatte, und waren unfreiwillig gezwungen, den armen Einwohnern zu nehmen, was ihnen die Räuber gelassen hatten.

Sie wußten nicht, wem sie gehorchen sollten. Die Regierung war überall aufgehoben worden. Die Gutsbesitzer hielten sich in den Wäldern verborgen, überall zogen Räuberbanden umher. Die Befehlshaber der einzelnen Abteilungen, die ausgesandt wurden, Pugatschow, der damals schon nach Astrachan geflohen war, zu verfolgen, bestraften willkürlich Schuldige und Unschuldige. Die Lage des ganzen Landes, das überall vom Feuer verwüstet wurde, war furchtbar. Gott bewahre uns davor, je wieder einen russischen Aufruhr zu erleben, seinen Wahnsinn und seine Erbarmungslosigkeit. Die, welche bei uns unmögliche Umwälzungen planen, sind entweder zu jung und kennen das Volk nicht, oder es sind Leute mit grausamen Herzen, die sich selbst nicht achten, geschweige denn Fremdes.

Pugatschow floh, verfolgt von Iwan Iwanowitsch Michelsohn. Wir hörten bald von seiner völligen Vernichtung. Am Ende erhielt Surin Nachricht von der Gefangennahme des Usurpators und gleichzeitig Befehl, nicht weiter zu marschieren. Der Krieg war zu Ende. Schließlich konnte ich heimkehren. Und der Gedanke, Marja Iwanowna umarmen zu dürfen und sie, von der ich keinerlei Nachricht hatte, wiederzusehen, erfüllte mich mit Entzücken. Ich sprang wie ein Kind umher. Surin lachte und sprach achselzuckend: „Nein! dir wird es nie gut gehen, du wirst heiraten und um nichts und wieder nichts zugrunde gehen!“

Ein seltsames Gefühl vergiftete indessen meine Freude: der Gedanke an den Bösewicht, der das Blut so vieler unschuldiger Opfer verspritzt hatte, und an die Hinrichtung, die ihn erwartete, beunruhigte mich unwillkürlich. „Jemeljan, Jemeljan!“ dachte ich unmutig, „warum hast du dich nicht in ein Bajonett gestürzt oder vor eine Kartätsche gestellt? Etwas Besseres hättest du nicht tun können.“ Was konnte ich tun? Der Gedanke an ihn war für mich unlöslich mit den Gedanken verbunden an die Schonung, die er mir in einer der entsetzlichsten Minuten meines Lebens erwiesen hatte, und an die Erlösung meiner Braut aus den Händen des schurkigen Schwabrin.

Surin beurlaubte mich. Nach wenigen Tagen sollte ich wieder bei den Meinigen sein, meine Marja Iwanowna wiedersehen. Ein unerwarteter Sturm brach plötzlich über mich herein.

Am Tage, den ich für meine Abreise bestimmt hatte, in derselben Minute, als ich mich auf den Weg machen wollte, trat Surin ein Papier in der Hand haltend mit äußerst sorgenvollem Gesicht in meine Hütte. Mir ging ein Stich durchs Herz. Ich erschrak und wußte nicht warum. Er schickte meinen Burschen hinaus und erklärte, daß er mit mir zu sprechen habe.

„Was ist los", fragte ich unruhig.

„Eine kleine Unannehmlichkeit," antwortete er und überreichte mir das Papier: „lies, was ich soeben erhielt."

Ich las: es war ein geheimer Erlaß, an alle Kommandanten gerichtet, mich zu arretieren, wo immer sie mich fänden und mich unter Bedeckung unverzüglich nach Kasan vor die Untersuchungskommission in Sachen Pugatschows zu schicken.

Das Papier entfiel fast meinen Händen.

„Da ist nichts zu machen!" meinte Surin: „es ist meine Pflicht, dem Erlaß zu gehorchen. Wahrscheinlich ist das Gerücht von deinen freundschaftlichen Reisen mit Pugatschow irgendwie bis zur Regierung gedrungen. Hoffentlich wird es keine weiteren Folgen haben. Du wirst dich vor der Kommission rechtfertigen können. Verzage nicht und begib dich auf den Weg."

Mein Gewissen war rein, ich fürchtete nicht das Gericht; aber der Gedanke, die Minute des süßen Wiedersehens vielleicht auf einige Monate hinausschieben zu müssen, entsetzte mich. Der Wagen stand bereit. Surin verabschiedete sich freundschaftlich von mir. Man setzte mich in den Wagen. Neben mir saßen zwei Husaren mit gezogenen Säbeln und wir fuhren über die Chaussee.

Vierzehntes Kapitel

Das Gericht

Der Ruhm der Welt ist wie die Meereswelle.

Sprichwort

Ich war überzeugt, daß an allem nur meine eigenwillige Abwesenheit aus Orenburg schuld war. Ich konnte mich leicht rechtfertigen: Streifzüge und Scharmützel waren uns nicht nur nicht verboten, sondern wir wurden sogar aus allen Kräften dazu ermuntert. Ich konnte leichtsinniger Verwegenheit, nicht aber des Ungehorsams beschuldigt werden. Doch meine freundschaftlichen Beziehungen zu Pugatschow konnten von einer Menge von Leuten bezeugt werden und mußten dem Gericht zum mindesten äußerst verdächtig vorkommen. Den ganzen Weg über dachte ich nur an die Verhöre, die mir bevorstanden, überlegte meine Antworten und beschloß vor Gericht die volle Wahrheit zu sagen, denn mir erschien diese Art der Rechtfertigung die einfachste und sicherste zu sein.

Ich kam in Kasan an, das verwüstet und ausgeräuchert war. An den Straßen sah man an Stelle der Häuser nur Kohlenhaufen oder vom Rauche geschwärzte Wände ohne Fenster und ohne Dächer. Das waren die Spuren, die Pugatschow zurückgelassen hatte. Man brachte mich in die Festung, die allein den Brand der Stadt überdauert hatte. Die Husaren übergaben mich dem wachthabenden Offizier. Er ließ einen Schmied rufen. An meinen Füßen wurde eine Kette fest angeschmiedet. Darauf führte man mich in den Kerker, und ließ mich allein in einer dunklen, engen Zelle mit nackten Wänden und einem kleinen vergitterten Fenster.

Dieser Anfang ließ nichts Gutes ahnen. Ich verlor aber weder Festigkeit noch Hoffnung. Ich griff zum Troste aller Traurigen, und nachdem ich zum ersten Male die Süßigkeit des Gebetes gekostet hatte, das einem reinen, aber gequälten Herzen entströmt, schlief ich ruhig ein, ohne mich darum zu sorgen, was mit mir geschehen würde.

Am anderen Tage weckte mich der Schließer mit der Mitteilung, daß man mich vor die Kommission fordere. Zwei Soldaten führten mich über einen Hof in das Kommandantenhaus, blieben im Vorzimmer stehen und ließen mich allein in die inneren Gemächer treten.

Ich kam in einen ziemlich geräumigen Saal. Vor einem Tisch, der ganz mit Papieren bedeckt war, saßen zwei Männer: ein bejahrter General von strengem und kalten Aussehen und ein junger Gardehauptmann von etwa achtundzwanzig Jahren, von sehr angenehmem Äußeren und gewandten, freien Umgangsformen. In der Nähe des Fensters, an einem besonderen Tisch saß der Sekretär mit einer Feder hinter dem Ohr, beugte sich über das Papier und war bereit, meine Geständnisse niederzuschreiben. Das Verhör begann. Man fragte mich zuerst nach Namen und Stand. Der General erkundigte sich, ob ich nicht der Sohn des Andrej Petrowitsch Grinjew sei? Auf meine Antwort erwiderte er rauh:

„Tut mir leid, daß ein so hochachtbarer Mann einen so unwürdigen Sohn hat!“

Ich antwortete ruhig, daß ich die auf mir lastenden Beschuldigungen durch eine offenherzige Darlegung des Geschehenen zu zerstreuen hoffe. Meine Zuversicht gefiel ihm nicht.

„Du bist schlau, Bruder,“ brummte er finster, „wir haben schon andere gesehen!“

Dann fragte mich der junge Mann, zu welcher Zeit und zu welchem Zweck ich in Pugatschows Dienst getreten wäre und zu welchen Aufträgen man mich benutzt hätte? Ich antwortete unmutig, daß ich als Offizier und Edelmann in keinerlei Dienstverhältnis zu Pugatschow hätte treten und keinerlei Aufträge von ihm entgegennehmen können.

„Auf welche Weise aber,“ erwiderte der verhörende Hauptmann, „wurde ein Edelmann und Offizier allein vom Usurpator verschont, während alle seine Kameraden elend umgebracht wurden? Auf welche Weise tafelte dieser selbe Offizier und Edelmann freundschaftlich mit den Aufrührern und läßt sich von ihrem Hauptmann einen Pelz, ein Pferd und einen halben Rubel schenken? Woher stammt eine so eigentümliche Freundschaft und worauf kann sie sich gründen? Wenn nicht auf Verrat oder zum mindesten auf gemeinem und verbrecherischem Kleinmut!“

Die Worte des Gardeoffiziers beleidigten mich tief und ich begann mich feurig zu rechtfertigen. Ich erzählte, wie ich die Bekanntschaft Pugatschows in der Steppe während eines Schneesturmes gemacht und wie er mich bei der Einnahme der Festung Bjelogorsk erkannt und verschont hatte. Ich sagte, daß ich mir allerdings kein Gewissen gemacht hätte, Pferd und Pelz vom Usurpator anzunehmen; daß ich aber die Festung Bjelogorsk bis zur letzten Möglichkeit gegen den Bösewicht verteidigt hätte. Endlich berief ich mich auf meinen General, der meinen Eifer während der furchtbaren Belagerung Orenburgs bezeugen konnte.

Der strenge Greis nahm einen geöffneten Brief vom Tisch und las ihn mir laut vor:

„Auf die Anfrage Eurer Exzellenz bezüglich des Fähnrichs Grinjew, der in die gegenwärtigen Unruhen verwickelt und in dienstwidrige und verräterische Beziehungen zu dem Halunken getreten sein soll, habe ich die Ehre, zu erwidern: jener Fähnrich Grinjew diente in Orenburg vom Beginn des Oktobers des vergangenen Jahres 1773 bis zum 24. Februar des jetzigen Jahres, an welchem Tage er die Stadt verließ und bis zum heutigen Tage nicht mehr unter mein Kommando zurückkehrte. Von Überläufern wird erzählt, daß er bei Pugatschow im Lager gewesen und mit ihm zusammen zur Festung Bjelogorsk gefahren sei, wo er früher im Dienste stand; was sein Betragen angeht, so kann ich ..."

Hier unterbrach er das Lesen und sagte mir in rauhem Tone:

„Was willst du nun zu deiner Rechtfertigung sagen?"

Ich wollte fortfahren, wie ich begonnen, und meine Beziehungen zu Marja Iwanowna erklären, wie alles frühere, fühlte aber plötzlich einen unüberwindlichen Widerwillen davor. Es fuhr mir durch den Kopf, daß, wenn ich sie erwähne, die Kommission sie gewiß als Zeugin vorladen würde, und der Gedanke, ihren Namen in diese widerwärtigen Denunziationen von Schurken zu verwickeln und sie selber ihnen gegenüberstellen zu lassen – dieser entsetzliche Gedanke verstörte mich so, daß ich nicht mehr weiter wußte und mich verwirrte.

Meine Richter, die meine Antworten schon mit einigem Wohlwollen anzuhören begannen, waren nun beim Anblick meiner Verwirrung aufs neue gegen mich eingenommen. Der Gardeoffizier verlangte, daß man mir den Hauptdenunzianten vorführen wolle. Der General befahl, den *gestrigen Schuft* zu holen. Lebhaft wandte ich mich zur Türe und erwartete meinen Ankläger. Nach einigen Minuten klirrten Ketten, die Tür öffnete sich und –

Schwabrin trat herein. Seine Veränderung machte mich staunen. Er war furchtbar abgemagert und sehr blaß. Seine Haare, noch kürzlich schwarz wie Pech, waren völlig ergraut; sein langer Bart war in Unordnung. Er wiederholte seine Beschuldigungen mit schwacher, aber frecher Stimme. Nach seinen Worten hatte mich Pugatschow nach Orenburg als Spion geschickt; täglich ritt ich zu den Scharmützeln, um ihm schriftliche Nachrichten zukommen zu lassen; endlich wäre ich ganz zum Usurpator übergegangen, hätte mit ihm alle Festungen bereist, im Bestreben, all meine Kameraden und Mitverräter zu verderben, um ihre Stellen einzunehmen – und ich hätte auch verschiedene Belohnungen, die der Usurpator verteilt, angenommen. Ich hörte schweigend zu und war nur mit einem zufrieden: der gemeine Bösewicht hatte Marja Iwanownas Namen nicht ausgesprochen, vielleicht weil seine Eigenliebe beim Gedanken an jene litt, die ihn mit Verachtung abgewiesen, vielleicht aber weil in seinem Herzen noch ein Funken jenes Gefühls war, das mich schweigen ließ. Wie dem auch sei, die Tochter des Hauptmanns von Bjelogorsk wurde vor der Kommission nicht erwähnt. Ich wurde in meinem Entschlusse noch fester und als mich die Richter fragten, womit ich die Geständnisse Schwabrins hinfällig machen könnte, entgegnete ich nur, daß ich mich an meine erste Erklärung hielte und nichts weiter zu meiner Rechtfertigung vorzubringen hätte. Der General befahl, uns beide abzuführen. Wir gingen zusammen hinaus. Ruhig sah ich Schwabrin an und sagte kein Wort. Er lächelte boshaft, hob seine Ketten an, überholte mich und beschleunigte seine Schritte. Mich führte man wieder in den Kerker zurück und ich wurde nicht mehr verhört.

Ich war nicht Zeuge alles dessen, was ich dem Leser nun mitzuteilen habe; doch ich hörte so oft davon erzählen, daß sich sogar die kleinsten Einzelheiten meinem Gedächtnis eingeprägt haben und es mir scheint, als wäre ich unsichtbar stets dabei gewesen.

Marja Iwanowna war von meinen Eltern mit jener aufrichtigen Gastfreundschaft empfangen worden, die Leute alten Schlages auszeichnet. Sie sahen einen Fingerzeig darin, daß Gott ihnen Gelegenheit gegeben hatte, eine arme Waise zu pflegen und ihr Liebes zu erweisen. Bald hingen sie aufrichtig an ihr, denn es war unmöglich, sie zu kennen und nicht lieben zu lernen. Meine Liebe erschien dem Vater nicht mehr als einfache Blague, und die Mutter wünschte nichts anderes, als daß ihr Petruscha die liebe Hauptmannstochter heiraten möge.

Die Nachricht von meiner Verhaftung verstörte die ganze Familie. Marja Iwanowna hatte meinen Eltern von meiner eigentümlichen Bekanntschaft mit Pugatschow in so einfachen Worten erzählt, daß sie dieses Begebnis nicht nur nicht beunruhigte, sondern sie manchmal herzlich lachen machte. Mein Vater wollte nicht glauben, daß ich in diesen gemeinen Aufruhr, dessen Ziel der Sturz des Thrones und die Vernichtung der Edelleute war, verwickelt sein könnte. Er nahm Saweljitsch streng ins Gebet. Mein Erzieher verheimlichte nicht, daß sein Herr bei Jemeljan Pugatschow zu Gaste gewesen war und daß der Halunke ihn auch beschenkt hätte, schwur jedoch, daß von einem Verrate nicht die Rede sein könnte. Die Alten beruhigten sich und harrten mit Ungeduld auf bessere Nachrichten. Marja Iwanowna war sehr aufgeregt, schwieg jedoch, denn sie war im höchsten Grade bescheiden und vorsichtig.

Einige Wochen vergingen ... Plötzlich erhielt mein Vater einen Brief von unserm Verwandten aus Petersburg, dem Fürsten B. Der Fürst schrieb über mich. Nach der gewöhnlichen Einleitung erklärte er, daß der Verdacht bezüglich meiner Beteiligung an den Plänen der Aufrührer leider nur allzu begründet sei, und daß mich eigentlich eine exemplarische Strafe erwarten müßte, daß aber die Kaiserin aus Achtung vor den Verdiensten und dem Alter des Vaters sich entschlossen hätte, den verbrecherischen Sohn zu begnadigen, und, ihn von der schmachvollen Hinrichtung befreiend, befohlen habe, ihn nur in das fernste Sibirien zur lebenslänglichen Ansiedelung zu verbannen.

Dieser unerwartete Schlag hätte meinen Vater fast getötet. Er verlor seine gewöhnliche Festigkeit und seine Trauer (die gewöhnlich stumm war) strömte in bitteren Klagen aus.

„Wie!“ wiederholte er außer sich, „mein Sohn hat sich am Aufruhr Pugatschows beteiligt! Gerechter Gott! muß ich das erleben! Die Kaiserin begnadigt ihn von der Hinrichtung, aber ist es mir darum zu tun? Nicht die Hinrichtung ist schrecklich! Mein Ahne starb auf dem Richtplatz, aber er verteidigte bis zum letzten Moment, was er für das Heiligtum seines Gewissens hielt; mein Vater litt gleichzeitig mit Wolijnski und Chruschtschow. Ein Edelmann jedoch, der den Schwur der Treue bricht, sich mit Räubern zusammentut, mit Mördern, mit entflohenen Sklaven! ... Ach, diese Schmach und Schande unserm Geschlecht! ...“

Meine Mutter, die seine Verzweiflung erschreckte, wagte nicht vor ihm zu weinen und bemühte sich auf jede Weise, ihm neuen Mut zu machen, indem sie von der Unwahrheit der Nachricht sprach und vom Wankelmut der Menschen. Mein Vater war untröstlich.

Marja Iwanowna litt mehr als die anderen. Sie war davon überzeugt, daß ich mich rechtfertigen könnte, wenn ich nur wollte, ahnte die Wahrheit und hielt sich für die einzige Schuldige meines Unglücks. Ihre Tränen und Leiden verbarg sie vor allen und sann ununterbrochen über ein Mittel nach, mich zu retten.

Eines Abends saß mein Vater auf dem Sofa und blätterte im „Hofkalender", seine Gedanken aber waren fern und die Lektüre machte durchaus nicht ihren gewöhnlichen Eindruck auf ihn. Er pfiff einen alten Marsch vor sich hin. Schweigend strickte meine Mutter an einer wollenen Unterjacke und zuweilen fielen Tränen auf ihre Arbeit. Plötzlich erklärte Marja Iwanowna, die gleichfalls hinter einer Arbeit saß, daß sie unbedingt nach Petersburg fahren müßte, und daß sie bäte, ihr die Mittel zur Fahrt zu geben. Meine Mutter wurde sehr traurig.

„Was willst du in Petersburg?" sagte sie. „Willst auch du, Marja Iwanowna, uns verlassen?"

Marja Iwanowna entgegnete, daß ihr ganzes zukünftiges Los von dieser Reise abhänge, und daß sie als die Tochter eines Menschen, der um seine Treue gelitten, mächtige Leute um Hilfe und Schutz angehen wolle.

Mein Vater ließ den Kopf sinken; jedes Wort, das ihm das scheinbare Verbrechen seines Sohnes ins Gedächtnis zurückrief, bedrückte ihn und er empfand es als bitteren Vorwurf.

„Fahre, Mütterchen," sagte er mit einem Seufzer, „wir wollen deinem Glück nicht im Wege stehen, gebe Gott dir zum Gemahl einen guten Menschen und keinen gebrandmarkten Verräter."

Er erhob sich und ging aus dem Zimmer.

Mit meiner Mutter allein zurückgeblieben, erklärte Marja Iwanowna teilweise ihr Vorhaben. Meine Mutter umarmte sie unter Tränen und betete zu Gott um ein glückliches Ende ihres Vorhabens. Man rüstete Marja Iwanowna aus und nach einigen Tagen machte sie sich auf den Weg mit der treuen Palaschka und dem treuen Saweljitsch, der, wenn er auch gewaltsam von mir getrennt war, sich doch mit dem Gedanken tröstete, im Dienste meiner verlobten Braut zu stehen.

Marja Iwanowna kam glücklich in Sofia Vorort von Petersburg.an, erfuhr jedoch, daß der Hof sich zu dieser Zeit in Zarskoje Sselo aufhalte und beschloß, dort ihren Aufenthalt zu nehmen. Man wies ihr ein Winkelchen hinter einer spanischen Wand an. Die Frau des Aufsehers kam sofort mit ihr ins Gespräch, erklärte, daß sie die Nichte des Hofheizers sei und machte sie mit allen Geheimnissen des Hoflebens bekannt. Sie erzählte, zu welcher Zeit die Kaiserin gewöhnlich aufwache, Kaffee trinke, spazieren gehe; welche Würdenträger sich dann um sie befänden, was sie am gestrigen Tage bei Tisch zu sprechen geruht und wen sie am Abend empfangen hatte. Mit einem Wort: das Gespräch Anna Wlasjewnas ersetzte einige Seiten historischer Memoiren und wäre für die Nachwelt nicht ohne Wert. Marja Iwanowna hörte ihr aufmerksam zu. Sie gingen in den Garten. Anna Wlasjewna erzählte die Geschichte jeder Allee und jeder Brücke, und als sie lange genug spazierengegangen waren, kehrten sie sehr befriedigt voneinander zurück.

Am andern Tage erwachte Marja Iwanowna schon sehr früh, zog sich an und ging in den Garten. Der Morgen war schön, die Sonne beleuchtete die Wipfel der Linden, die der frische Hauch des Herbstes gelb gefärbt hatte. Regungslos glänzte der weite See. Die erwachten Schwäne kamen majestätisch aus Büschen hervorgeschwommen, die das Ufer beschatteten. Marja Iwanowna ging auf der prächtigen Wiese auf und ab, wo erst vor kurzem ein Denkmal zu Ehren der Siege des Grafen Peter Alexandrowitsch Rumjanzew errichtet worden war. Plötzlich bellte ein weißes Hündchen englischer Rasse und lief ihr entgegen. Marja Iwanowna erschrak und blieb stehen. Gleichzeitig hörte sie eine angenehme Frauenstimme:

„Keine Furcht, er beißt nicht.“

Und Marja Iwanowna erblickte eine Dame, die dem Denkmal gegenüber auf einer Bank saß. Marja Iwanowna nahm am anderen Ende der Bank Platz. Die Dame sah sie lange an; auch Marja Iwanowna warf einige Blicke auf ihre Nachbarin und betrachtete sie von oben bis unten. Sie trug ein weißes Morgengewand, eine kleine Nachthaube und eine warme Jacke. Sie mochte etwa vierzig Jahre alt sein. Aus ihrem vollen und rosigen Gesicht sprachen Würde und Ruhe, ihre blauen Augen jedoch und ihr leichtes Lächeln hatten einen unsagbaren Reiz. Die Dame brach das Schweigen.

„Sie sind gewiß nicht von hier?“ sagte sie.

„Allerdings. Ich kam erst gestern aus der Provinz an.“

„Kamen Sie mit ihren Verwandten?“

„O nein, ich kam allein.“

„Allein! Aber Sie sind noch so jung ...“

„Ich habe weder Vater noch Mutter.“

„Sie sind gewiß in irgendwelchen Angelegenheiten hier?“

„Allerdings. Ich kam, um der Kaiserin eine Bittschrift zu überreichen.“

„Sie sind eine Waise, augenscheinlich beklagen Sie sich über Ungerechtigkeit und Beleidigungen?“

„O nein. Ich kam um Gnade zu bitten und nicht um Gerechtigkeit.“

„Gestatten Sie zu fragen, wer Sie sind?“

„Die Tochter des Hauptmanns Mironow.“

„Des Hauptmanns Mironow! Also desjenigen, der Kommandant einer Orenburger Festung war?“

„Allerdings.“

Die Dame schien gerührt zu sein.

„O verzeihen Sie,“ sagte sie mit einer noch liebenswürdigeren Stimme, „wenn ich mich in Ihre Angelegenheiten mische; aber ich bin zuweilen bei Hof, erklären Sie mir, worin Ihre Bitte besteht und vielleicht gelingt es mir, Ihnen zu helfen.“

Marja Iwanowna erhob sich und dankte ihr achtungsvoll. An dieser fremden Dame zog alles ihr Herz an und flößte Zutrauen ein. Marja Iwanowna nahm ein gefaltetes Papier aus der Tasche und gab es ihrer unbekannten Beschützerin, die es zu lesen begann.

Anfangs las sie mit gnädiger und aufmerksamer Miene; plötzlich aber veränderte sich der Ausdruck ihres Gesichts und Marja Iwanowna, die mit den Augen alle ihre Bewegungen verfolgte, erschrak über die Strenge in diesem Antlitz, das noch vor einer Minute so heiter und ruhig war.

„Sie bitten für Grinjew?“ sagte die Dame kalt. „Der Kaiserin ist es unmöglich, ihm zu verzeihen. Er ging zum Usurpator nicht aus Unwissenheit oder Leichtgläubigkeit über, sondern als ein sittenloser und gefährlicher Taugenichts.“

„Das ist nicht wahr!“ brach Maria Iwanowna aus.

„Wie, nicht wahr!“ versetzte die Dame und das Blut schoß ihr ins Gesicht.

„Es ist nicht wahr, bei Gott nicht wahr! Ich weiß alles und werde Ihnen alles sagen. Nur um mich hat er sich allem ausgesetzt, was ihn betroffen hat und vor Gericht konnte er sich deswegen nicht rechtfertigen, gewiß nur deswegen nicht, weil er mich nicht hineinziehen wollte."

Sie erzählte eifrig alles, was meinem Leser schon bekannt ist.

Die Dame hörte ihr aufmerksam zu.

„Wo sind Sie abgestiegen?" fragte sie dann und als sie den Namen Anna Wlasjewna hörte, lächelte sie. „Ah so! Ich weiß schon. Leben Sie wohl und erzählen Sie niemandem von unserer Begegnung. Ich glaube, Sie werden nicht allzu lange die Antwort auf Ihren Brief erwarten müssen."

Bei diesen Worten stand sie auf und schritt durch einen Laubengang fort, Marja Iwanowna kehrte voll froher Hoffnungen zu Anna Wlasjewna zurück.

Ihre Wirtin schalt sie, denn ein so früher Herbstspaziergang, sagte sie, sei der Gesundheit junger Mädchen schädlich. Dann brachte sie den Samowar herbei und wollte bei einer Tasse Tee ihre endlosen Gespräche über den Hof erneuern, als plötzlich eine Hofequipage vor ihrer Tür hielt und ein Kammerlakei mit der Meldung eintrat, die Kaiserin geruhe, die Jungfrau Mironow vor sich zu bitten.

Anna Wlasjewna erstaunte und lief hin und her.

„Mein Gott!" schrie sie, „die Kaiserin bittet Sie zu Hof. Ja, wie hat sie denn von Ihnen erfahren? Und wie wollen Sie sich denn der Kaiserin vorstellen, Mütterchen. Sie verstehen ja nicht einmal, sich nach Hofart zu bewegen ... Ob ich Sie nicht begleiten sollte? Immerhin könnte ich Ihnen hie und da behilflich sein. Und wie können Sie denn in Ihrem Reisekleid vor die Kaiserin treten. Soll ich nicht zur Hebamme schicken? Und sie um ihr gelbes Seidenkleid bitten lassen?"

Der Kammerlakei erklärte, die Kaiserin hätte gewünscht, Marja Iwanowna allein zu sehen und in dem Kleide, das sie gerade anhabe. Nichts war zu tun: Marja Iwanowna setzte sich in den Wagen und fuhr, begleitet von Rat und Segenssprüchen Anna Wlasjewnas, zum Palais.

Marja Iwanowna fühlte die nahende Entscheidung ihres Schicksals; ihr Herz schlug stark und stockte wieder. Schon nach einigen Minuten hielt der Wagen vor dem Palais. Zitternd stieg Maria Iwanowna die Treppen hinauf. Die Tür wurde weit von ihr geöffnet. Sie durchschritt eine lange Reihe leerer

Prunkgemächer. Der Kammerlakai zeigte ihr den Weg. Endlich hielten sie vor einer geschlossenen Türe, er ging fort, um sie zu melden und sie blieb allein.

Der Gedanke, die Kaiserin von Angesicht zu Angesicht zu sehen, erschreckte sie so, daß sie sich nur mit Mühe auf den Beinen halten konnte. Schon nach einer Minute ging die Türe auf und sie trat in das Boudoir der Kaiserin.

Die Kaiserin saß bei der Toilette. Mehrere Hofdamen umgaben sie und ließen Marja achtungsvoll durch. Die Kaiserin wandte sich freundlich zu ihr und Marja Iwanowna erkannte in ihr dieselbe Dame, mit der sie noch vor kurzem so aufrichtig gesprochen hatte. Die Kaiserin rief sie heran und sagte ihr lächelnd:

„Ich freue mich, daß ich mein Wort halten und Ihre Bitte erfüllen kann. Ihre Angelegenheit ist erledigt. Ich habe mich von der Unschuld Ihres Verlobten überzeugt. Hier ist ein Brief, den ich Sie bitte, Ihrem zukünftigen Schwiegervater zu überbringen."

Marja Iwanowna ergriff den Brief mit zitternder Hand, sie weinte und fiel der Kaiserin zu Füßen, welche sie aufhob und küßte. Dann erklärte ihr die Kaiserin:

„Ich weiß, daß Sie nicht reich sind," sagte sie, „aber ich bin die Schuldnerin der Tochter des Hauptmanns Mironow, sorgen Sie nicht um die Zukunft. Ich übernehme es, Ihre Vermögensangelegenheiten zu ordnen."

Sie küßte die arme Waise und entließ sie dann. Marja Iwanowna kehrte in demselben Hofwagen wieder zurück. Anna Wlasjewna erwartete ungeduldig ihre Rückkehr und überschüttete sie mit Fragen, die Marja Iwanowna nur obenhin beantwortete. Anna Wlasjewna war damit nicht zufrieden, gab aber ihrer ländlichen Schüchternheit die Schuld und verzieh ihr großmütig. Marja Iwanowna war nicht neugierig, Petersburg zu sehen und kehrte noch am selben Tage ins Dorf zurück ...

*